KOTOBA ASSORT

短歌の詰め合わせ

〔文〕東直子

〔絵〕若井麻奈美

はじめに

短歌というものがこの世にあることは、学校の授業で習ったので知っていました。そのときには、自ら進んで短歌を作ろうと思わなかったのですが、大人になって、ふと思い立って作ってみたら、形をととのえるために言葉を探っていくうちに、ちらかっていた心が整理され、また、胸の奥底《おくそこ》にしずんでいた何かがすくい上げられていくのを体感しました。

短歌には、作者のその時にしか書きとめることのできなかった喜怒哀楽《きどあいらく》や発見、アイディア、いたずらごころなどが、一首一首に込《こ》められています。誰《だれ》かの心が詰《つ》まった一首は、誰かの心に響《ひび》きます。共感したり、驚《おどろ》いたりしながら、読んだあとでほんの少し、勇気づけられることがあります。その短歌を覚えて心にしまっておくと、心のお守りになるような気がしています。

清水《きよみづ》へ祇園《ぎをん》をよぎる桜月夜《さくらづきよ》こよひ逢《あ》ふ人みなうつくしき

与謝野晶子《よさのあきこ》

京都の桜の名所を歩いているときに、すれちがう人がみんなきれいだなあ、と感激している歌です。華《はな》やかな世界に陶酔《とうすい》している気分が伝わってきます。この歌を思いだすと、気後れしがちなパーティーも、ドレスアップした美しい人々《ひとびと》に会えるうれしさが勝って、前向きな気持ちで行くことができます。この歌は、百年以上前に作られた作品ですが、今でも心をかきたててくれる力があるのです。悲しいときに、同じように悲しい気持ちを閉じ込めた短歌を口に出してみると楽になったり、楽しい気分を詠《よ》んだ歌に共感して、自分の気持ちも一《いっ》緒《しょ》に盛り上がったりもします。

この本の中には、身近な八つのテーマに沿って、楽しさや切なさ、おもしろさなど、誰かの心が詰まったたくさんの短歌を集めました。それぞれの短歌に、私が思う読みどころを書きましたが、いやいや自分はこう思うな、と、別の読み方もどんどん広げてもらってかまいません。ぜひ、お気に入りの短歌を見つけてくださいね。短歌を通して世界が少し違《ちが》って見えてくるかもしれません。あなたの心のお守りになる一首を見つけてもらえたら、ほんとうにうれしいです。そして、自分でもぜひ、五七五七七に言葉をあてはめる楽しさを、味わってみてくださいね。

CONTENTS

そもそも短歌とは？

● 五七五七七の三十一音からできている短い詩です。「っ〈促音《そくおん》〉」「ん〈撥音《はつおん》〉」「ー〈長音《ちょうおん》〉」は一音とします。「しゃ」「ちょ」などの〈拗音《ようおん》〉は一音とします。

● はじめの五音を「初句《しょく》」と呼び、次の七音を「二句目」、その次の五音を「三句目」、その次の七音を「四句目」、最後の七音を「結句《けっく》」と呼びます。また、上下で歌が分かれている場合、それぞれを「上《かみ》の句《く》」、「下《しも》の句」と呼びます。

初句	二句目	三句目	四句目	結句
五	七	五	七	七
シナモンの	香りの古い	本ひらく	草かんむりの	訪問者たち
上の句			下の句	

シナモンの香りの古い本ひらく草かんむりの訪問者たち

東直子『春原さんのリコーダー』

- 短歌は、作者個人の感覚や感情を、風景や物などに絡《から》めて詠《よ》むことが主流です。
- 作品は、一首《いっしゅ》、二首……と数えます。
- 短歌を作ることを「歌を詠む」「歌を作る」「作歌する」といいます。
- 俳句に必要な「季語」はなくてもかまいません。

ふりがなや一字空け（空白）も作品表現の一つです。たまに、五七五七七の間すべてに一字空けを入れる人がいますが、基本は右の短歌のように、空白なしで表記します。

※この本の中では、構成上、作者の意図していない箇所《かしょ》にふりがなをつけているところがあります。

短歌紹介《しょうかい》 1

—

食べ物

わたしはこびと
背が小さくて
困ることも
あるけれど
？
大好きなイチゴが
こんなに大きい！
うらやましいでしょ？
でも…
すぐに
おなかいっぱいに
なっちゃうの…

となりの人が奥歯の方でかんでいるガムのぶどうの匂いでねむい

ガムって、食べ物に入れてもいいのかな。香《かお》りとかみ心地を楽しむためのもので、体の中には、そこから染み出た甘《あま》さのみが入っていきます。かんでもかんでも、身にならない感じが不思議といえば不思議でおもしろい。案外、自分の外へ、その香りを放ってしまうのです。奥歯《おくば》の方でかんでいるのに、それが「ぶどう」だと分かるくらいにはっきりと。ぶどうの香りはしても、そこにぶどうの現物はありません。人工の匂《にお》いと午後のねむたさが、絶妙《ぜつみょう》なハーモニーを奏でています。

歌の出典・作者

永井 祐　ながい・ゆう／1981年、東京都生まれ。

出典 『日本の中でたのしく暮らす』

キャベツの中はどこへ行きてもキャベツにて人生のようにくらくらとする

めくってもめくっても、キャベツはキャベツ。なにか新しいことをはじめたり、新しい土地に引っ越《こ》したりしたときは、今度こそ違《ちが》う自分になって、華麗《かれい》に生きてみせる、などと思っても、そんなに大きく変われるわけはなく、いつもの自分なのです。

　この歌のポイントは、「中」という言葉。キャベツという迷宮にもぐりこんで、冒険《ぼうけん》の旅にでもでかけるような感じがして、効果的。「キャベツ」「キャベツ」「くらくら」と続く、カ行を生かした楽しいリズムが冒険を伴奏《ばんそう》しているようです。

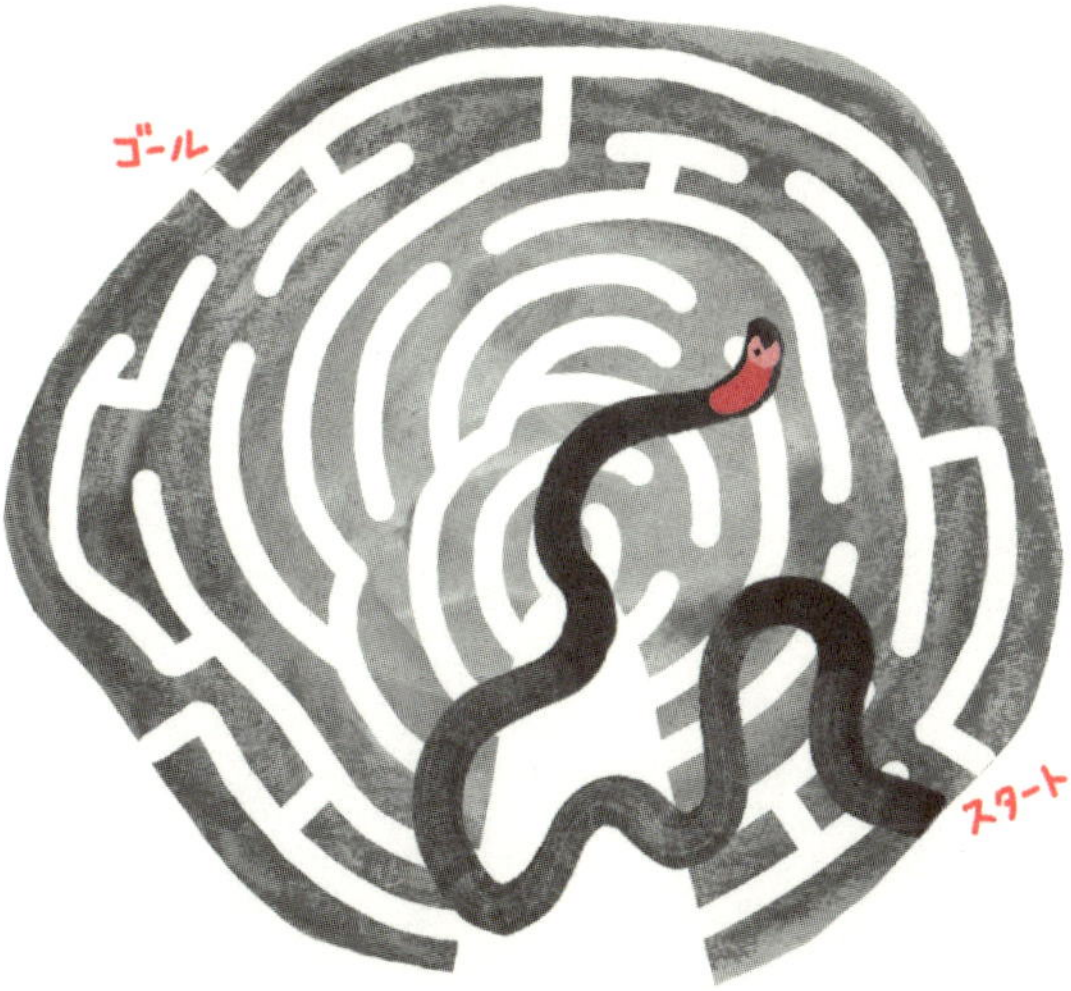

歌の出典・作者

渡辺 松男　わたなべ・まつお／1955年、群馬県生まれ。

出典　『寒気氾濫《はんらん》』

ハムレタスサンドは床に落ちパンとレタスとハムとパンに分かれた

思わず「ぱらっ」という擬音語《ぎおんご》をあてたくなるようなコミカルな場面です。お皿の上では、ハムレタスサンドとしての完成した姿ですましていたのに、床《ゆか》に落ちたらばらばらに分かれてしまいました。落ちたときに受けた衝撃《しょうげき》にハムレタスサンドは勝てず、あえなく分解してしまったのです。悲しい。なんだか、ちょっとしたことで別れることになってしまったカップルや、仲が悪くなった友達を暗示しているみたいです。でもまあ、こんなこともあるよね、と清々《すがすが》しく思っているような気もします。

歌の出典・作者

岡野 大嗣　おかの・だいじ／1980年、大阪府生まれ。

出典 『サイレンと犀《さい》』

ハロー　夜。ハロー　静かな霜柱。ハロー　カップヌードルの海老たち。

短歌は、誰《だれ》かに呼びかけるために作られることがあります。恋人《こいびと》や大切な友達、あるいは、天国にいってしまった人に。時には、この歌のように、こんな変わったものに呼びかけてしまうことも。しんしんと冷えていく夜、静かに伸《の》びていく霜柱《しもばしら》。「夜」と「霜柱」の組み合わせは、ぴったり。でも、「カップヌードルの海老たち」は、ずいぶん唐突《とうとつ》。それなのに、心動かされます。一人きりの静かな冬の夜に、カップヌードルを作りつついろいろなものに呼びかけている人。淋《さび》しそうだけど、楽しそう。

歌の出典・作者

穂村 弘　ほむら・ひろし／1962年、北海道生まれ。
出典『手紙魔《てがみま》まみ、夏の引越《ひっこ》し（ウサギ連れ）』

こころよりうどんを食へばあぶらげの甘く煮たるは慈悲のごとしも

甘《あま》辛《から》く煮《に》たあぶらげの浮《う》かぶきつねうどんは、体のぐあいの悪いときでも、落ち込《こ》んでいるときでも食べられる、やさしい食べ物です。この歌の主人公も、ちょっとしずんだ気分だったのでしょう。うどんのつゆに、じわっととけていくあぶらげの煮汁《にじる》。人のこころをいやすあたたかな愛情としての「慈悲《じひ》」は、こんなふうに、ほんのり甘くて、少ししょっぱくて、なつかしさでいっぱいになる味に似ている気がします。こころをこめて、ゆっくり食べたいものです。

歌の出典・作者

小池 光

こいけ・ひかる／1947年、宮城県生まれ。

出典 『草の庭』

これまでに吾に食《く》はれし鰻《うなぎ》らは佛《ほとけ》となりてかがよふらむか

明治十五年生まれの斎藤茂吉は、鰻が大好物でした。戦争が激しくなったとき、食料難を予想して、デパートで鰻の缶詰《かんづ》めを買いしめたといわれています。予想通り店頭のうなぎが消えたあと、この缶詰めを大切に大切に食べ、疎開《そかい》先にまで持っていったそうです。この歌では、「吾《われ》」（自分）がこれまでに食べた鰻のことをしみじみと思い、鰻が仏となってきらきら輝《かがや》いているようだ、なんて言っています。鰻が好きすぎて、神聖化したみたいですね。

歌の出典・作者

斎藤 茂吉　さいとう・もきち／1882～1953年。山形県生まれ。

出典『小園』

人生のここがいちばんいいところうきうきとして牛舌《ギウタン》に塩

肉を食べると幸せを感じるホルモンが出ると言いますが、この歌は、その感覚を引き出してくるようで、読んでいると幸せな気分が満ちてきます。焼き上がって、脂《あぶら》が染み出した牛タンの上できらりと光る塩の粒《つぶ》。精度の高いカメラで撮《と》ったスローモーションを観ているようです。牛タンを食べるたびに鼻歌でも歌うように反射的に思い出し、いま、人生のいちばんいいところにいるのだなあ、と胸が高鳴ります。とにかくおいしそう！
今すぐ牛タンを食べたくなります。

歌の出典・作者

小池 純代　こいけ・すみよ／1955年、静岡県生まれ。
出典 『雅族《がぞく》』

晝しづかケーキの上の粉ざたう見えざるほどに吹かれつつをり

牛タンの歌よりさらに食べ物に接近して観察した歌。もはや肉眼では見えないものを見ようとするレベルに達していて、すごみがあります。「晝《ひる》」の静けさのレベルがとてつもないです。しかし、見えないぐらいにかすかに粉ざとうが空気の流れに吹《ふ》かれているように、静けさの中にもなんらかの音があり、時間は確かに過ぎていくのです。この世に存在することの感触《かんしょく》を、ケーキの上の粉ざとうを見つめることで得ようとしているのでしょう。

歌の出典・作者

葛原 妙子　くずはら・たえこ／1907～1985年。東京都生まれ。

出典 『朱霊《しゅれい》』

はてしなきおもひよりほつと起きあがり栗まんじゆうをひとつ喰《たう》べぬ

なんだか落ち込《こ》んで、床《ゆか》にねっころがって同じことをいつまでも考えてしまう、なんてこと、ありますよね。答えの出ない問題を、どれだけ考え続けても時間の無駄《むだ》である、と自分に言い聞かせるようにふと起きあがり、ぼんやりした頭のままぱくりと食べた「栗《くり》まんじゆう」。やわらかくてやさしい甘《あま》さの食べ物なので、心身をいやすにはうってつけです。ほろほろと口の中で崩《くず》れる栗を味わいながら、まあいいや、なんとかなるさ、などと、ふっくらとした気分で、前向きになっていくことでしょう。

歌の出典・作者

岡本 かの子　おかもと・かのこ／1889〜1939年。東京都生まれ。
出典　『浴身』

おおいなる梅干し知りあいがみんな入っているとおもって舐める

梅干し。しょっぱくて、猛烈《もうれつ》にすっぱくて。小さいときにおにぎりの中身として親しんでいなければ、とうてい食べられない食べ物なのではないかと思います。その強いイメージの味に「おおいなる」という形容は、ぴったりです。「知りあい」だから、とっても好きな人も、そうでもない人も入っているのでしょう。なんとも強烈な味がしそうです。でもそこにいることを想像して「舐《な》める」なんて、やっぱり少しは好きな人じゃないと無理かも。これから梅干しを食べるとき、いろいろな人のことを思い出してしまいそうです。

歌の出典・作者

雪舟 えま

ゆきふね・えま／1974年、北海道生まれ。

出典『たんぽるぽる』

LET'S TRY!

上の句と下の句をつないでみよう！①

Q

次の歌の、上の句と下の句を結びなさい。

腰《こし》かけて足をぷらぷらさせるとき

消えてゆくはずの予感に守られて

たましいのひとつひとつと思うまで

電線の上のみんな小鳥だ

飛子の軍艦《ぐんかん》巻《ま》きを噛《か》み締《し》む

砂糖菓《が》子《し》から美がやってくる

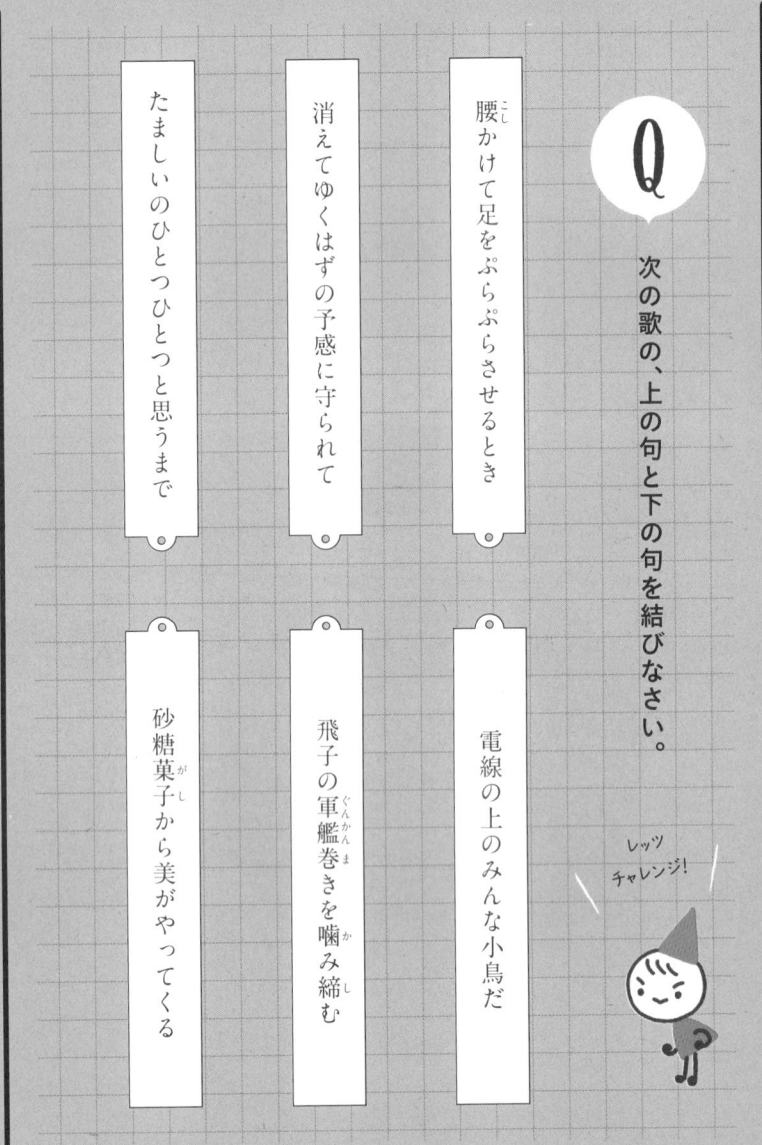

POINT

それぞれの上の句と下の句を
声に出して読んでみて、
定型のリズムを楽しみながら
つなげてみましょう。

どれもだいたい
五七五七七の定型に
おさまっている
歌ですよ

上の句と下の句をつないでみよう！①

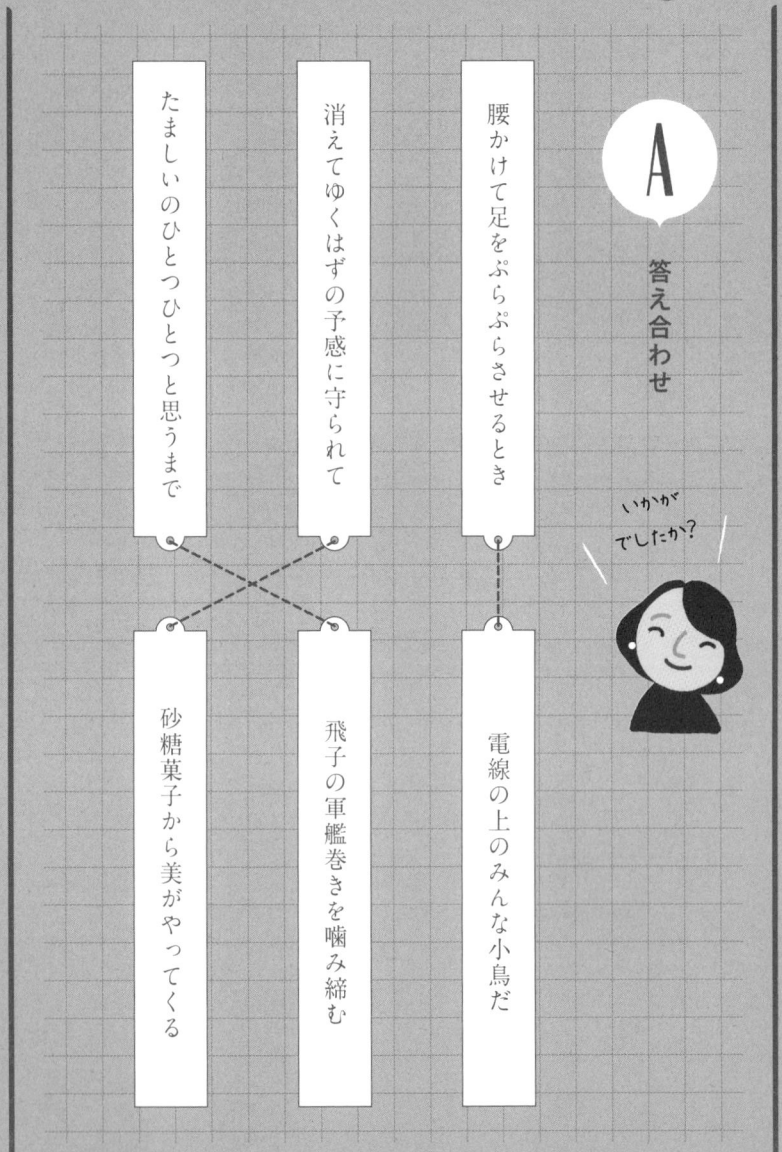

A

答え合わせ

腰かけて足をぷらぷらさせるとき

消えてゆくはずの予感に守られて

たましいのひとつひとつと思うまで

電線の上のみんな小鳥だ

飛子の軍艦巻きを噛み締む

砂糖菓子から美がやってくる

解説

腰かけて足をぷらぷらさせるとき電線の上のみんな小鳥だ

蒼井杏《あおいあん》『瀬戸際《せとぎわ》レモン』

消えてゆくはずの予感に守られて砂糖菓子から美がやってくる

井上法子『永遠でないほうの火』

たましいのひとつひとつと思うまで飛子の軍艦巻きを噛み締む

斉藤真伸《まさのぶ》『クラウン伍長《ごちょう》』

上の句は足のつかない椅《い》子《す》に腰《こし》かけて、ちょっと落ち着かない感じを、オノマトペ（擬態語《ぎたいご》）を使ってリズミカルに描《えが》いていますが、下の句で電線に止まる小鳥に変身できたような、コミカルでかわいらしいイメージに膨《ふく》らんでいきました。

気持ちも記憶《きおく》も時間も、そして命も、いずれは消えていってしまうものとして認識していますが、そのはかなさや、消えることの潔い美しさが「砂糖菓《が》子《し》」という具体的な食べ物で描かれるので、感覚が立体的になります。

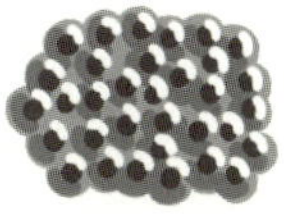

上の句は観念としてたましいを数えているように見えますが、下の句で、飛子《とびこ》の軍艦《ぐんかん》巻《ま》きを噛《か》み締《し》めていることが分かり、あとから腑《ふ》に落ちるような構造になっています。食べ物の食感を生かして説得力のある比喩《ひゆ》となっています。

上の句と下の句をつないでみよう！②

Q

次の歌の、上の句と下の句を結びなさい。

自転車の荷台に雀《すずめ》一羽立ち

無人なるエレベーターの開くとき

しばらくを見ていたりしが目の前の

枝先に五色の小鳩《こばと》とまらせて

バスタブに銀の鎖《くさり》を落としつつ

あきかぜの中のきりんを見て立てば

誰《だれ》のものでもない光あり

花に入りたる虫出でて来ず

草の匂《にお》いがながれていった

豊年をまつわがふるさとは

ああ我といふ暗きかたまり

日々は平らに光って消える

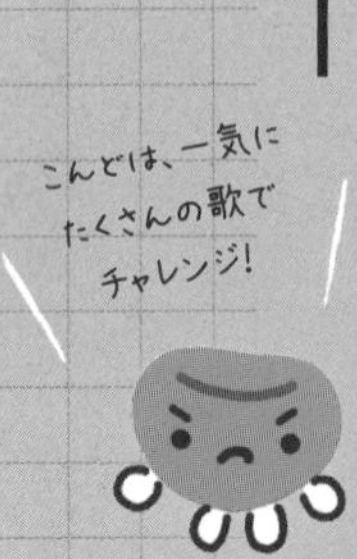

POINT

上の句の場面設定に響《ひび》き合う
言葉や内容を探し出しましょう。

具体的な映像を
思い浮《う》かべてみると
よいですね

五色のハト……？
そういえば鳩《はと》って
「平和」の象徴《しょうちょう》だっけな

自転車の荷台、雀《すずめ》。
場面は「外」だよね

解説

自転車の荷台に雀一羽立ち草の匂いがながれていった

竹内亮《りょう》『タルト・タタンと炭酸水』

いつも使っている自転車の荷台に、雀《すずめ》が一羽とまっていたようです。かわいくて、凛《りん》とした姿がくっきりと立ち上がります。ほのぼのと楽しくなる光景が細やかに描《えが》かれた上で、「草の匂《にお》い」として嗅覚《きゅうかく》が描かれるので、確かな体感を伴《ともな》います。

無人なるエレベーターの開くとき誰のものでもない光あり

小島なお『サリンジャーは死んでしまった』

誰《だれ》も乗っていないエレベーターが自動的に開くという、ごく普通《ふつう》の場面ですが、「無人なる」と厳かに形容されることによって、神々《こうごう》しい存在感を放ちます。下の句は哲学《てつがく》的で、立ち止まっていろいろなことを考えてみたくなります。

しばらくを見ていたりしが目の前の花に入りたる虫出でて来ず

浜田康敬《はまだやすゆき》『旅人われは』

花をじっと観察している歌です。いきなり動作から入って、何を見ているかは後で分かるようにすることによって、謎《なぞ》で読者を引っ張っています。そして最後は「出でて来ず」。何も変化がないのです。なんともいえない余韻《よいん》が残ります。

枝先に五色の小鳩とまらせて豊年をまつわがふるさとは

宮柊二《みやしゅうじ》『白秋陶像《とうぞう》』

「五色の小鳩《こばと》」とはなんでしょう。鳩《はと》といえばわりあい地味な印象ですが、よく見ると首が玉虫色にきらりと光ったりなど、華《はな》やかに見えるときもあります。この歌の中では、豊かな実りをもたらす象《しょう》徴《ちょう》として枝先にとまっているようです。

バスタブに銀の鎖を落としつつ日々は平らに光って消える

大森静佳《おおもりしずか》『てのひらを燃やす』

一日を終え、バスタブに鎖《くさり》を落としてお湯を張っている場面。今日一日に起こったことを思い出しつつ、明日するべきこと、会うべき人のことをじわじわと考えているのでしょう。平らな日々《ひび》のかけがえのなさが、清潔に伝わります。

あきかぜの中のきりんを見て立てばああ我といふ暗きかたまり

高野公彦《きみひこ》『汽水の光』

空の高いところで悠然《ゆうぜん》と秋の風に吹《ふ》かれているきりんに比べて、自分の存在の小ささを痛感したのでしょう。同じ地球の上にいる動物を比較《ひかく》することで生まれた上の句と下の句の高低差が、歌の奥《おく》行《ゆ》きになっています。

短歌紹介《しょうかい》2

動物

ここはどうぶつのくつしたやさん
だれにでもぴったりのくつしたがありますよ
あの、これ試着してみてもいいですか？
ど、どうぞ！
みみずさんどうするんだろう
店員さんみてみて！
ぴったりみたいです！
わあ！ほんとにぴったり！

好きなのかあんなところが自転車のサドルにいつも乗っている猫

いきなり呼びかけの口調ではじまり、「猫《ねこ》」が最後に種明かし的に出てくる構成が絶妙《ぜつみょう》な一首。真剣《しんけん》な語りかけ口調に、ユーモアがただよいますね。自転車のサドルという不安定なところに乗ってくつろぐ、人間にはできないことを平然と行う猫という動物に対する憧《あこが》れや尊敬の念まで感じられます。人間の生活の近くに生きつつ、決して媚《こ》びない猫ならではの特性が生かされ、その不思議さ、神秘性が浮《う》き彫《ぼ》りになっています。

歌の出典・作者

池本 一郎　いけもと・いちろう／1939年、鳥取県生まれ。

出典 『樟葉《くずは》』

犬はいつもはつらつとしてよろこびにからだふるはす凄き生きもの

たしかにその通りです！　と頷《うなず》くしかないような内容です。犬という生き物の特性、存在感、ふるまいを、目を見開いて力強く語っている作者の表情まで見えてくるようですね。「凄《すご》き生きもの」という素朴《そぼく》でシンプルな定義を、詩の言葉として受けとると、かえって新鮮《しんせん》です。犬の様子をあらわすところはすべてひらがな書きなので、そのしなやかさ、やわらかさが見た目の上でもよく伝わるように描《えが》かれています。作者は、ストレートな言葉が味わい深い「ただごと歌」の第一人者です。

歌の出典・作者

奥村 晃作　おくむら・こうさく／1936年、長野県生まれ。

出典『鴇色《ときいろ》の足』

白きうさぎ雪の山より出でて来て殺されたれば眼《め》を開き居り

雪の上を跳《は》ねたら、たまたまそこにいた猟師《りょうし》の目につき、鉄砲《てっぽう》で撃《う》たれてしまいました。見開いた眼は、自分がなぜこんなことになってしまったのかまるで分かっていないことを示しています。その姿は、犯罪や戦争に巻き込《こ》まれて殺された人間とも重なります。この世のあらゆる残酷《ざんこく》な行為《こうい》に対する怒《いか》りと悲しみがこめられているようです。

真っ白な雪原に真っ白なうさぎ。見開かれた黒い眼と、白い雪の上に一筋流れたであろう血の色が鮮烈《せんれつ》なイメージとして焼き付けられます。一羽のうさぎの死を通して、多くのことを考えさせられる歌です。

歌の出典・作者

斎藤 史　さいとう・ふみ／1909～2002年。東京都生まれ。

出典『うたのゆくへ』

水を出ておおきな黒き水掻きのぺったんぺったん白鳥がくる

一《いっ》般的《ぱんてき》な白鳥のイメージを変えてくれる一首です。空を自由に羽ばたき、水の上では優雅《ゆうが》にふるまっている白鳥も、一歩陸に上がると、あの大きな水掻《みずか》きのある短い脚《あし》で「ぺったんぺったん」と歩くしかない。一気に不器用で素朴《そぼく》な、愛すべき存在にかわります。こんなふうに、一つのものにはりついているイメージを取り払《はら》ってくれる短歌は、楽しいです。最後の「くる」というところもポイントで、なぜかこちらに白鳥がむかってくる様子がちょっと怖《こわ》くもあり、楽しくもあり、ですね。

歌の出典・作者

渡辺 松男　わたなべ・まつお／1955年、群馬県生まれ。
出典『泡《あわ》宇宙の蛙《かえる》』

鳩は首から海こぼしつつ歩みゆくみんな忘れてしまう眼をして

街中でよく見かける鳩《はと》ですが、一歩ごとに首を前に突《つ》き出すような、独特の歩き方をします。その時、首の付け根あたりの青い色が濃《こ》さを増して、きらりと光ります。それが、日の光を照り返す海面のように見えました。首の付け根が光るたび、海がこぼれていると感じ、記憶《きおく》を喪失《そうしつ》していくことと結びついたのです。鳩の目って、どこを見ているのかよく分からないし、何を考えているのか分かりにくいです。だから、喪失していくことを恐《おそ》れていないように感じます。自分も含《ふく》めて人間の多くも実はそうなのかもしれない、とふと思ってしまいました。

歌の出典・作者

東 直子　ひがし・なおこ／1963年、広島県生まれ。
出典『青卵』

白壁にしがみつく蜘蛛そうここは入口でもなく出口でもない

白い壁《かべ》に蜘蛛《くも》がいるのを見つけたとき、長い脚《あし》を壁にひたとつけて、まるで死んだようにじっとしていたのでしょう。改めて考えると、垂直の壁にずっと張り付いていられるなんて、すごい技です。「しがみつく」という動詞を与《あた》えて、軽く擬人化《ぎじんか》しています。それに対して、下の句で言っていることがユニークです。入り口でも、出口でもないのだったら、「ここ」は一体どこなのだろう。急に壁の蜘蛛と一緒《いっしょ》に、出入り口のない世界に閉じこめられたような気分に覆《おお》われてしまいます。

歌の出典・作者

江戸 雪　えど・ゆき／1966年、大阪府生まれ。

出典『Door』

「やさしい鮫」と「こわい鮫」とに区別して子の言うやさしい鮫とはイルカ

鮫《さめ》とイルカ。形がよく似ていて、両方の生き物を認識したばかりの子どもには、区別がつけにくいかもしれませんね。だから、その特性で区別をつけようとしているわけですが、「やさしい」か「こわい」か、という、性格で分類しているところが新鮮《しんせん》です。たしかに、人間を襲《おそ》って食べてしまうことのある鮫は怖《こわ》く、水族館ではいろいろな芸を見せてくれて、人間と友達になってくれそうなイルカはやさしいイメージです。その方が、魚類（鮫）とほ乳類（イルカ）という生物学的な分類よりも、ほんとうのところを言い当てているような気もしますね。

歌の出典・作者

松村 正直　まつむら・まさなお／1970年、東京都生まれ。

出典　『やさしい鮫』

人はみな馴れぬ齢を生きているユリカモメ飛ぶまるき曇天

誕生日がくれば一つ新しい年齢《ねんれい》（齢《よわい》）になります。すべての人が初めて経験するその年齢を新しく生きるのです。この歌で指摘《してき》されてはじめて気付きました。どんな人も未知の時間を生きて、馴《な》れてはいないということに、胸がじんわりと熱くなる思いがします。そんな、不安と期待のつまった心に、ユリカモメが飛ぶやわらかな曇天《どんてん》がよく似合います。ユリカモメには、年齢の概念《がいねん》はありません。いつも何を考えて飛んでいるのでしょう。「まるき」という言葉に、このおだやかな世の中に対する安心感や感謝の念がこめられているように思います。

歌の出典・作者

永田 紅　ながた・こう／1975年、滋賀県生まれ。

出典『日輪』

海をぜんぶ吸い込むための掃除機に今朝シロナガスクジラがつまる

海をぜんぶ吸い込《こ》んでしまう掃除機《そうじき》だなんて、そこに世界一大きな生き物であるシロナガスクジラが引き寄せられるなんて！ ほんとうにスケールの大きな歌ですね。短歌では、こんなにダイナミックな想像も描《えが》けてしまうのです。でも、大胆《だいたん》な比喩《ひゆ》なのに、掃除機になにかが詰《つ》まる、という出来事自体はとても日常的ですよね。そのギャップにおかしみが漂《ただよ》います。想像の世界の歌でも、どこかで感じたこととつながると、がぜん身近に感じられます。何かが詰まった掃除機という実際の出来事から想起した歌なのかもしれないですね。

歌の出典・作者

吉岡 太朗　よしおか・たろう／1986年、石川県生まれ。

出典 『ひだりききの機械』

光りつつ死ぬということひけらかし水族館に魚群が光る

水族館の水槽《すいそう》の中に閉じこめられた魚たち。魚群《ぎょぐん》は独特の神秘的な光を放ちますが、魚自身は、自分が光を放っていることも、生きていることも、閉じこめられた世界の中でいつか死ぬであろうことも、無自覚なまま生きています。作者は、魚のその無心な様子に独自の憧《あこが》れを抱《いだ》いているように思えてなりません。「ひけらかし」という言葉を使ったあたりに、ちょっと嫌《いや》みなものも感じ取っているようですが……。

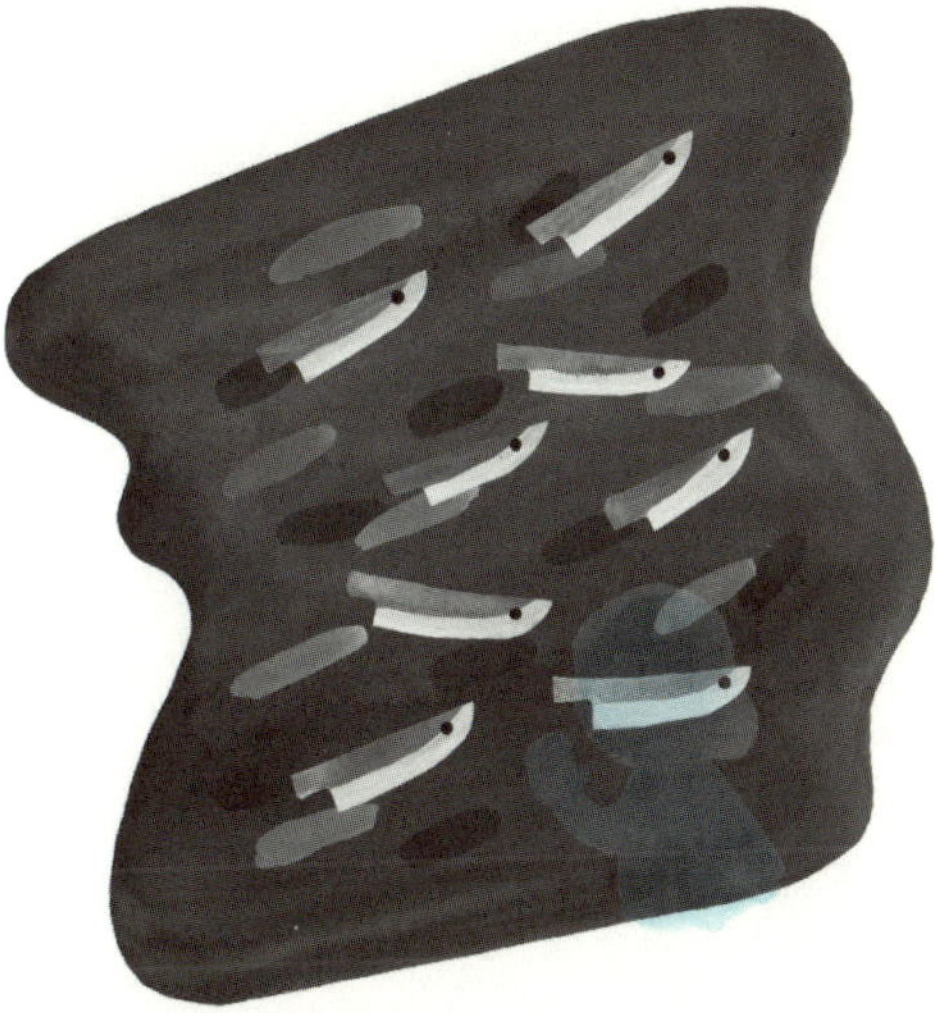

歌の出典・作者

大森 静佳　おおもり・しずか／1989年、岡山県生まれ。
出典『てのひらを燃やす』

短歌の歴史

短歌は、五七五七七の三十一音からできている定型の詩のことで、元々《もともと》は「和歌」と呼ばれていたものです。

5世《せい》紀《き》頃《ごろ》、大陸から漢字が伝来すると、日本列島に住んでいた人々《ひとびと》は、自分の気持ちを文字で残せるようになり、天皇から一般庶民《いっぱんしょみん》まで和歌を作りました。

春《はる》の野《の》に霞《かすみ》たなびきうら悲《がな》しこの夕《ゆふ》かげに鶯《うぐひす》鳴《な》くも

春の野原に、霞がかかっていて、なんとも物悲しい。
この夕暮れの光の中で、ウグイスまで鳴いて心がじんとする。

大伴家持
おおとものやかもち

『万葉集』
巻19・4290

右の和歌を作った**大伴家持**は、現存する我が国最古の歌集『万葉集』に編者として関わった人です。

万葉集には、こんな愛の贈答歌《ぞうとうか》も収められています。

あかねさす紫野《むらさきの》行《ゆ》き標野《しめの》行《ゆ》き野守《のもり》は見《み》ずや君《きみ》が袖振《そでふ》る

紫草の野を行き、天智天皇御領地《てんじてんのうごりょうち》の野を行きながら、あなたはこんなに私に袖を振ってくれる（※）。野の番人に見られてしまいますよ、恥《は》ずかしいです。

額田王《ぬかたのおおきみ》

『万葉集』巻1・20

紫草《むらさき》のにほへる妹《いも》を憎《にく》くあらば人妻《ひとづま》ゆゑに我恋《われこ》ひめやも

紫草のように美しいあなたが憎《にく》いわけないです。あなたが人妻だと知っていても、こんなに恋慕《こいした》ってしまっているというのに！

大海人皇子《おおあまのおうじ》

『万葉集』巻1・21

この歌は二人の密かな愛の歌ではなく、天智天皇も同席した宴《うたげ》で、皆《みんな》を楽しませるための遊戯的《ゆうぎてき》な歌とする説が一般的です。

明治時代に和歌革新運動が起こり、「短歌」という呼び方になっていきました。

※「袖を振る」ということはこの時代の呪術《じゅじゅつ》のようなもの。恋しい人の魂《たましい》を自分のほうへ引き寄せるように、おいでおいでと袖を振って、「求愛」を表します。

【額田王と大海人皇子】

はじめは天智天皇の弟である大海人皇子と結婚《けっこん》した額田王。そのあと、天智天皇の妻となりました。上の歌を詠《よ》んだ時は、すでに天智天皇の妻となっていました。

明治《めいじ》
1868-1912

『万葉集』の頃の写実的な歌風を重視したい！

誰《だれ》でも作れて、誰でも
読める、解読しなくても良い
シンプルな歌が良いよね。
近頃《ちかごろ》の和歌はすたれて
きてしまった……。
『万葉集』の頃の写実的な
歌風を重視したい！

正岡子規

1894-　1898　1900

明治20年代後半

落合直文《おちあいなおぶみ》や**佐佐木信綱**《ささきのぶつな》らによって和歌革新運動が起こり、様々《さまざま》な詠風《えいふう》の歌が発表されていく。

明治31年

正岡子規《まさおかしき》が『歌よみに与ふる書』を発表。「写生」を重視した。

明治33年

落合の後を継《つ》ぎ、浪漫《ろまん》主義の影響《えいきょう》を受けた**与謝野鉄幹**《よさのてっかん》が、雑誌「明星《みょうじょう》」を創刊。

題を与《あた》えられて
作った歌や、風雅《ふうが》を
求めた歌ばかりでは
もうダメなのでは？

佐佐木信綱

今までの
「和歌」と区別化
したいな。そうだ、
これから「短歌」と
呼ぼう！

与謝野鉄幹

落合直文

もっと「自由」で
「個性的」な歌を
詠《よ》もう！

与謝野晶子《よさのあきこ》

やは肌《はだ》のあつき血汐《ちしお》にふれも見でさびしからずや道を説く君

『みだれ髪《がみ》』

浪漫主義的な短歌

● 感情・主観・個性を重んじて詠む

北原白秋《きたはらはくしょう》

君かへす朝の舗石《しきいし》さくさくと雪よ林檎《りんご》の香《か》のごとくふれ

『桐《きり》の花』

耽美《たんび》主義的な短歌

- 美や情緒《じょうちょ》を歌いあげる

石川啄木《いしかわたくぼく》

はたらけど
はたらけど猶《なほ》わが生活《くらし》楽《らく》にならざり
ぢつと手《て》を見《み》る

『一握《いちあく》の砂』

社会主義的な短歌

- 生活や社会を詠む

若山牧水《わかやまぼくすい》

白鳥《しらとり》は哀《かな》しからずや空の青海のあをにも染まずただよふ

『海の聲《こえ》』

自然主義的な短歌

- 山川草木や花鳥風月を詠む

1908

明治41年

伊藤左千夫《いとうさちお》が「アララギ」創刊。写実的な短歌が注目される。

たいしょう
大正
1912-1926

1912-

大正初期

写実主義的な短歌が注目されるようになる。

● 絵画的（写生）
● 人生・自然ありのまま

前田夕暮《まえだゆうぐれ》

向日葵《ひまわり》は金の油を身にあびてゆらりと高し日のちひささよ

『生くる日に』

斎藤茂吉《さいとうもきち》

みちのくの母のいのちを一目《ひとめ》見ん一目みんとぞただにいそげる

『赤光』

土屋文明《つちやぶんめい》

この三朝《みあさ》あさなあさなをよそほひし睡蓮《すゐれん》の花《はな》今朝《けさ》はひらかず

『ふゆくさ』

昭和

しょうわ

1926-1989

1926-

昭和初期

ヨーロッパの芸術や文学の影響《えいきょう》を受けた**前川佐美雄**や**斎藤史**らが、**モダニズム短歌**を発表した。

感覚的

シュール

前川佐美雄《まえかわさみお》

床《とこ》の間《ま》に祭られてあるわが首をうつつならねば泣いて見てゐし

『植物祭』

斎藤史《さいとうふみ》

野に捨てた黒い手袋《てぶくろ》も起きあがり指指に黄な花咲《さ》かせだす

『魚歌』

1946-

昭和20年代

戦後、「第二芸術論」と呼ばれる短歌否定論が話題になる。

昭和

中期

1955-

昭和30年代

塚本邦雄・岡井隆・寺山修司らによる**前衛《ぜんえい》短歌運動**が起こる。

- 「私」の拡大
- 隠喩《いんゆ》の導入
- リズム（韻律《いんりつ》）を崩《くず》してみる

塚本邦雄《つかもとくにお》

湖の夜明け、ピアノに水死者のゆびほぐれおちならすレクイエム

『水葬《すいそう》物語』

岡井隆《おかいたかし》

いま隣《とな》りの隣りの部屋に少年の足の踏《ふ》み込《こ》む沼《ぬま》あるらしも

『宮殿《きゅうでん》』

寺山修司《てらやましゅうじ》

海を知らぬ少女の前に麦藁帽《むぎわらぼう》のわれは両手をひろげていたり

『空には本』

1985

昭和60年

「ライトヴァース」と呼ばれる軽やかな作風の短歌が登場。

- 口語調
- 都市風俗《ふうぞく》を詠《よ》む
- オノマトペを用いる

昭和 後期

1987

昭和62年

俵万智『サラダ記念日』がミリオンセラーを記録。口語調短歌が広まる。

俵万智《たわらまち》

「この味がいいね」と君が言ったから七月六日はサラダ記念日

『サラダ記念日』

時を同じくして**加藤治郎・穂村弘**ら「**ニューウェーブ**」と呼ばれる歌人が登場。

加藤治郎《かとうじろう》

言葉ではない！！！！！！！！！！！！！！！！！！！！！！！！！！ラン！

『マイ・ロマンサー』

穂村弘《ほむらひろし》

「酔《よ》ってるの？あたしが誰《だれ》かわかってる？」「ブーフーウーのウーじゃないかな」

『シンジケート』

- 記号やオノマトペの拡大
- 斬新《ざんしん》なデジタル表現

短歌紹介《しょうかい》 3

家族

すう
すう
すう
すう
ゴロン
ん？
すう
ちゃんと かけないと だめだよ
ふふふ
すう
すう

トイレットの鍵こわれたる一日を母、父、姉とともに過ごせり

一つ屋根の下で暮らす家族。どんなに親密でも、トイレのドアをうっかり開けられては困るので、鍵《かぎ》をかけます。その鍵が、壊《こわ》れているのです。ものすごく困るわけではないですが、一日中、うっかり開けられないか、あるいは開けてしまわないか、気になります。この「一日」、家族全員が家にいる、休みの日だったのでしょうか。この、妙《みょう》な息苦しさ。トイレの鍵が、家族ってなんなのだろう、と考えるきっかけになるとは！

歌の出典・作者

大滝 和子

おおたき・かずこ／1958年、神奈川県生まれ。

出典 『人類のヴァイオリン』

たつたこれだけの家族であるよ子を二人あひだにおきて山道のぼる

夫婦二人の間に、二人の子ども。今の日本の典型的な核家族《かくかぞく》です。少し前の日本の家族は子だくさんで、七人も八人もきょうだいがいるのはめずらしいことではありませんでした。だから「これだけ」なんて思ったのでしょう。狭《せま》い家の中と違《ちが》って、雄大《ゆうだい》な山の中では、家族四人でいても、とりわけさびしく、頼《たよ》りない感じがしたのですね。家族のはかなさに気付いてしまった瞬間《しゅんかん》です。そして、はかないからこそ、かけがえがないということにも。

歌の出典・作者

河野 裕子　かわの・ゆうこ／1946〜2010年。熊本県生まれ。
出典 『はやりを』

あなたまあおかしな一生でしたねと会はば言ひたし父といふ男

毎日顔を見合わせていると、父親は、父親以外の何者でもありません。でも、遠い存在になって、あらためて一人の人間だったことに気付きます。家族だけに、他の人には見せないようなおもしろいところや、不思議なところも見てしまいました。一人の男の人として「父」の一生を考えていくうちに「あなたまあ」なんて、気軽に話しかけてみたくなったのでしょう。

大人の心で父親を見つめてみるのも乙《おつ》なものです。

歌の出典・作者

斎藤 史　さいとう・ふみ／1909～2002年。東京都生まれ。
出典　『渉《わた》りかゆかむ』

まっくらな野をゆくママでありました首に稲妻ひとすじつけて

この歌の「ママ」は、首に稲妻《いなづま》をひとすじつけて野をゆくというのですが、どこに向かっているのでしょう。「稲妻」は、圧倒的《あっとうてき》な迫力《はくりょく》があるものですが、闇《やみ》を照らしてくれてありがたくもありますよね。とにかく、力強くて、なんだか怖《こわ》くて、とてもきれいで、ちょっと危険な香《かお》りのする「ママ」の姿が、頭の中に浮《う》かんできます。最初の「まっくらな野をゆくママ」という場面設定によって、「ママ」が、困難に向かって突《つ》き進んでいく、たくさんの勇気を持っている人に思えてきます。

歌の出典・作者

佐藤 弓生　さとう・ゆみお／1964年、石川県生まれ。
出典『眼鏡屋は夕ぐれのため』

らりるれろ言ってごらんとその母を真似て娘は電話のむこう

冒《ぼう》頭《とう》は、電話をかけてきた父が、酔《よ》っぱらっているかどうかを確かめようとする娘《むすめ》のセリフ。以前に酔った父親に向かって、母親がそう話しかけたのをしっかり聞いていて、覚えてしまったのでしょう。父としては、母と娘の強力なタッグにたじたじになってしまいました。とはいえ、決して問い詰《つ》めているのではなく、酔ってなんかいないよ、と言いはる父親を楽しくからかっているのだと思います。なんとも仲のよさそうな家族ですね。

歌の出典・作者

永田 和宏

ながた・かずひろ／1947年、滋賀県生まれ。

出典 『華氏《かし》』

鈴を産むひばりが逃げたとねえさんが云ふでもこれでいいよねと云ふ

ねえさん、という響《ひび》きは、やさしくて、なぜか淋《さび》しく感じます。この歌の「ねえさん」は、そんな印象を醸《かも》し出す「姉」の典型のように感じます。「鈴《すず》を産むひばり」って、なんでしょう。きれいな音を奏でる鳥を連想させる「鈴」ですが、この世ならざる者を産み出すような、美しくて、少し不吉《ふきつ》なイメージも浮《う》かびます。「これでいいよね」というセリフは、ほんとうはそうでない方がいいのに受け入れようとする、あきらめを含《ふく》んでいます。逃《に》げた鳥は追わないのです。

歌の出典・作者

光森 裕樹　みつもり・ゆうき／1979年、兵庫県生まれ。

出典 『鈴を産むひばり』

カーテンのレースは冷えて弟がはぷすぶるぐ、とくしゃみする秋

「はぷすぶるぐ」（ハプスブルク）は、かつてヨーロッパで勢力を誇《ほこ》った王家の名前のことですが、この歌ではそれをオノマトペとして、その響《ひび》きを楽しく活かしています。時代に翻弄《ほんろう》された歴史上の人物の「弟」のことも胸によぎるかもしれません。一般的《いっぱんてき》には、「弟」とは永遠に自分より年下で、か弱くて、かわいくて、やんちゃな印象があります。カーテンのレースを揺《ゆ》らしながら入ってきた冷たい風に思わず「はぷすぶるぐ」とくしゃみをしました。なんてかわいい！

歌の出典・作者

石川 美南　いしかわ・みな／1980年、神奈川県生まれ。

出典『砂の降る教室』

兄ちゃんが隣に座りすきやきを私の小さな茶わんに入れる

家族のだんらんによく似合う、おいしいすきやきはみんな大好きだと思いますが、実は体の小さな子どもにはハードルが高い食べ物なのでした。背《せ》伸《の》びしなければ鍋《なべ》の中が見えないのです。腕《うで》もうまく届きません。鍋は熱く、やけどしそうで怖《こわ》いです。それを知っている「兄ちゃん」は、妹の隣《となり》で、その茶わんにすきやきを入れてくれました。動作を淡々《たんたん》と書いているだけですが、「私」のうれしい気持ちがじんじん伝わります。「すきやき」という言葉の中に、「好き」の気持ちも込《こ》められているのかも。

歌の出典・作者

池田 はるみ　いけだ・はるみ／1948年、和歌山県生まれ。

出典 『ガーゼ』

ムササビのような寝姿恋人がいると思えずわが妹よ

ムササビ！　かわいいけれど、おかしい。この妹さんは、布団の上で、うつぶせで両手足を広げて寝《ね》ていたのでしょう。とても疲《つか》れて帰ってきて、ばたりと倒《たお》れ込《こ》むように寝てしまった、その姿が目に浮《う》かぶようです。「わが妹よ」なんて、大げさに言っているところもユーモラスで、姉だからこその特別な感情が伝わります。

　ムササビのような姿で安心して眠《ねむ》れるのも、生まれ育った家だからこそ。恋人《こいびと》には、ないしょなのです。

歌の出典・作者

小島 なお　こじま・なお／1986年、東京都生まれ。

出典　『サリンジャーは死んでしまった』

泣くという音楽がある　みどりごをギターのように今日も抱えて

赤ん坊《ぼう》は泣きます。ほんとうによく泣きます。毎日毎日、泣きます。一日中、ことあるごとに、いや、なにもなくても、泣きます。泣きやまない子を抱《かか》えてあやし続けるのは、なんだか切ないものです。だけど、あれを「音楽」だと思えたら、気持ちがすっと楽になる気がします。生まれたばかりの赤ん坊（みどりご）をギターだと思うなんて、ちょっと申し訳ない気もするけれど、なんだか楽しい。重くっても、かさばっても、大切な存在なのです。

歌の出典・作者

俵 万智

たわら・まち／1962年、大阪府生まれ。

出典『プーさんの鼻』

LET'S TRY!

穴埋《う》め問題 初級編

Q 空白の部分に何が入るでしょうか。

てのひらをくぼめて待てば［　　］の見えぬ傷より花こぼれ来る

選択肢《せんたくし》

モクレン

花立《はなた》て

骨折《こっせつ》

青空《あおぞら》

曇天《どんてん》

プライド

花立て
かなぁ?

モクレンの
樹も花も
好き

花から離《はな》れた
言葉を使った方が、
インパクトが
生まれるかも。

おっ！　意外性がありますね。
でも、「傷」と「骨折」のイメージが似すぎかも。

じゃあ骨折？
傷見えないし

POINT

短歌や俳句で「花」という言葉が出てきた場合、基本的には桜の花のことを指します。

桜の花がこぼれてくる、つまり、桜のはなびらが風に舞《ま》っています。

その情景を思い浮《う》かべながら、気持ちをうまく伝えられるような言葉を探してみてください。

曇天

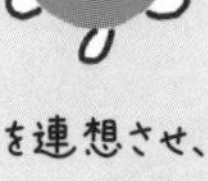
青空

なかなか詩的になってきましたね。
曇天だと、そのあと雨や雪が降ってくることを連想させ、
花がこぼれてくるイメージに合いますよね。
青空は、どうでしょう。普通《ふつう》、美しい青空に傷があるとは、
誰《だれ》も思いつかないのではないでしょうか。
でも、見えないものを想像するって、どきどきしますよね。

A 答え合わせ＆解説

と、いうことで答えは… 青空 です。

てのひらをくぼめて待てば青空の見えぬ傷より花こぼれ来る

大西民子『無数の耳』

桜の花は、華《はな》やかだけれど、わずかな風にも散ってしまう、はかない花でもあります。その花びらが自分のてのひらの上に散り落ちてきました。それを、青空にある、目に見えない傷からこぼれてきたものだというのです。「青空」という言葉があることによって、宇宙を含《ふく》む無限の広がりを得ることができ、普遍的《ふへんてき》な悲しみを共有することができたのです。

TRY MORE!

穴埋《う》め問題 中級編

Q

空白の部分に何が入るでしょうか。

① いもうとの小さき歩みいそがせて［　　］かひに行く月夜かな

② 早春のレモンに深くナイフ立つるをとめよ素晴らしき［　　］を得よ

③ おとうとよ忘るるなかれ天翔《か》ける鳥たちおもき［　　］もつを

選択肢《せんたくし》

小《こ》ネズミ

千代紙《ちよがみ》

人生《じんせい》

にんじん

友人《ゆうじん》

内臓《ないぞう》

いもうとの小さき歩みいそがせて千代紙かひに行く月夜かな

木下利玄《りげん》『銀』

作者の生まれた年から計算すると、明治の終わりごろの光景を詠《よ》んだ作品だと思います。このころ、夜遅《おそ》くまで千代紙を売っているお店があったのですね。幼い妹の歩き方を「小さき歩み」と愛らしく描《えが》いた点に、年長の兄としての愛情も感じます。

早春のレモンに深くナイフ立つるをとめよ素晴らしき人生を得よ

葛原妙子《くずはらたえこ》『橙黄《とうこう》』

レモンにナイフを入れたときに放たれる、柑橘系《かんきつけい》の果物ならではの爽《さわ》やかな香気《こうき》が伝わり、「をとめ」の瑞々《みずみず》しさが立ち上がってきます。レモンを深く刺《さ》すことの残酷性《ざんこくせい》も背後にあり、起伏《きふく》に満ちた「人生」の醍醐味《だいごみ》を予測しているようでもあります。

おとうとよ忘るるなかれ天翔ける鳥たちおもき内臓もつを

伊藤一彦《いとうかずひこ》『瞑鳥記《めいちょうき》』

空を自由にはばたく鳥にも「内臓」がある……。当たり前のことですが、普段《ふだん》はあまり意識しませんよね。鳥も、軽々と天を翔《か》けているように見えて、実はたいへんな苦労をしているのかもしれません。自戒《じかい》を込《こ》めて伝えた、弟へのエールです。

TRY MORE!

穴埋《う》め問題 上級編

Q 空白の部分に何が入るでしょうか。

① はじめから＿＿＿＿みたいな日のおわり近づきたくてココアをいれる

② ＿＿＿＿で名を呼ばれたりはつなつの朝のひかりのテーブル越《ご》しに

③ 青空に＿＿＿＿ぶちまけてなんて平和な夏なんだろう

はじめからゆうがたみたいな日のおわり近づきたくてココアをいれる

本田瑞穂《ほんだみずほ》『すばらしい日々』

朝から「ゆうがた」みたい？　なんだか変ですが、納得もしてしまうから不思議です。最初から成熟していたような一日が終わって、さらに深い夜がやってくるときに、近づきたいと思っている心が選んだココア。甘《あま》くて、ほんのり苦くて。

ひらがなで名を呼ばれたりはつなつの朝のひかりのテーブル越しに

錦見映理子《にしきみえりこ》『ガーデニア・ガーデン』

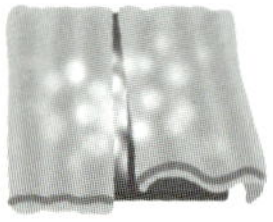

人の名前を呼ぶときの声には、そのときその人にどんな感情を抱《いだ》いているかが伝わる気がします。「ひらがな」は、漢字に比べてやわらかな印象があります。やさしく、愛情深くテーブル越《ご》しに呼ばれたことを意味しています。

青空にソフトクリームぶちまけてなんて平和な夏なんだろう

木下龍也《たつや》『つむじ風、ここにあります』

夏の盛りの空の景色がぱっと広がる一首です。「ソフトクリーム」がぶちまけられた青空は、入道雲がもくもくと出ているあの空のことです。思いきったことをどんどんやってみたくなる夏ならではの興奮も伝わります。

穴埋《う》め問題、
いかがでしたか？
原作と同じ言葉を当てると
いうよりも、
言葉を当てはめる楽しさを
味わってもらえていたら
嬉《うれ》しいです。

短歌紹介《しょうかい》4

自然

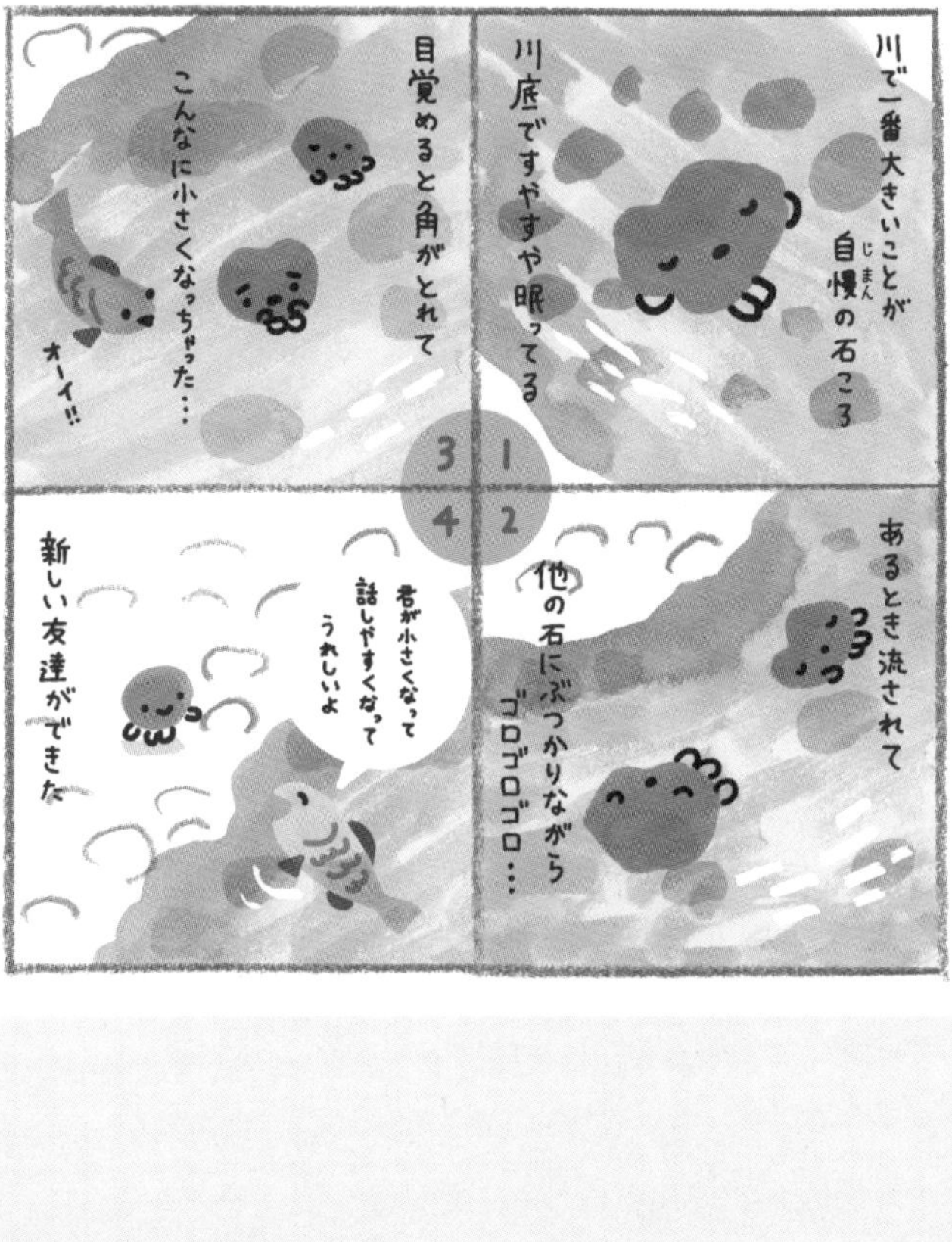
川で一番大きいことが
自慢《じまん》の石ころ
川底ですやすや眠ってる
あるとき流されて
他の石にぶつかりながら
ゴロゴロゴロ…
目覚めると角がとれて
こんなに小さくなっちゃった…
オーイ!!
君が小さくなって
話しやすくなって
うれしいよ
新しい友達ができた

金色《こんじき》のちひさき鳥のかたちして銀杏《いてふ》ちるなり夕日の岡に

紅葉して岡《おか》に散っていく銀杏《いちょう》の葉を、金色の小さな鳥にたとえています。あの独特の形、言われてみれば翼《つばさ》を広げる鳥の形に似ています。風に飛んでいく葉っぱが、自分の力で飛んでいく鳥のイメージに変化して、とても気持ちがよいです。落ち葉に新しい生命感を与《あた》えたようなものだと思います。紅葉した銀杏の葉は通常「黄色」と表現されますが、「金色」とすることで、光をまとう神秘的な「鳥」になり、この歌の持つファンタジー性を高めています。

歌の出典・作者

与謝野 晶子　よさの・あきこ／1878～1942年。大阪府生まれ。

出典　『恋衣《こいごろも》』

桜ばないのち一《いっ》ぱいに咲くからに生命《いのち》をかけてわが眺めたり

桜の花の歌百首を一気に詠《よ》んだ中の一首。とても力がこもっていて、ほろ酔《よ》い気分でぼんやり眺《なが》めるようなお花見とはちがって、真剣《しんけん》そのもの。春先に一気に花開く桜の花は、華麗《かれい》ですが、樹にとっては最もエネルギーを必要とすることでしょう。「いのち一《いっ》ぱいに咲《さ》く」というフレーズは、桜のことを一心に考えるうちに、桜と同化して生まれた言葉ではないかと思います。だから眺める側も命がけで眺めますよ、と決意を新たにしているのです。

歌の出典・作者

岡本 かの子　おかもと・かのこ／1889〜1939年。東京都生まれ。

出典 『浴身』

夏ゆけばいつさい棄てよ忘れよといきなり花になる曼珠沙華《まんじゅしゃげ》

いきなり茎《くき》がのびてその先に花を咲《さ》かせる曼珠沙華。細長い花びらから突《つ》き出すように長いシベが出ている花の形は独特で、天上に咲く花とされています。「棄《す》てよ」と命令形で描《か》かれた、孤高《ここう》への覚悟《かくご》のようなフレーズが、説得力をもって際立ちます。なぜそんなふうに思うのか、説明は一切なく、「いきなり花になる」。夏の暑さに疲《つか》れてもうろうとしていた心身を、しゃきっとさせてくれる歌です。

歌の出典・作者

今野 寿美　こんの・すみ／1952年、東京都生まれ。
出典 『若夏記《わかなつき》』

水球にただよう子エビも水草もわたくしにいたるみちすじであった

「水球」は水がたっぷりとある星、地球のこと。でも、もしかしたらこの広い宇宙のどこかにあるかもしれない、水をたたえた別の星のこと、なのかもしれません。水の中に最初に生まれた生命が次第に進化して、私達人間にたどりつきます。その進化の過程に通過したものとして、子エビや水草の語を出しています。大きくとらえた「進化」を意識すると、この世の中がすべてつながっているともいえます。悠久《ゆうきゅう》の年月を想うことで、自《おの》ずとおおらかな心持ちになれる、スケールの大きな歌です。

歌の出典・作者

井辻 朱美　いつじ・あけみ／1955年、東京都生まれ。

出典『吟遊《ぎんゆう》詩人』

秋の雲「ふわ」と数えることにする　一ふわ二ふわ三ふわの雲

親子で白い雲のぷっかり浮《う》かぶ空をながめていたら、子どもがふと、一ふわ、二ふわ、と雲を数え出しました。「ひとつ」だったり、「いっぴき」だったり、物によって数え方が異なるということを覚えはじめたころなのでしょう。ふわふわした雲にふさわしい数え方は「ふわ」だと思いつきました。かわいいですね。それを見ていたお父さんも、一緒《いっしょ》に「ふわ」と数えます。子どもを育てる、というのは、もう一度子どもの心になってみるということなのかもしれません。

歌の出典・作者

吉川 宏志　よしかわ・ひろし／1969年、宮崎県生まれ。
出典　『曳舟《ひきふね》』

ゆたかなる弾力もちて一塊の青葉は風を圧しかへしたり

初夏の緑が風にゆれる様子はいつまでもながめていたくなる風景の一つです。命のゆたかさを体感しているような気分になれるからではないかと思います。自らの弾力《だんりょく》で風を圧《お》しかえす「一塊《いっかい》の青葉」は、力のみなぎっている若者たちの姿と重なります。「弾力」という言葉に「ゆたかなる」という形容を与《あた》えたことで、心理的なものや美的なものなど様々《さまざま》なものを含《ふく》む深みが与えられました。なんでもない風景も、言葉一つでこんなにも情感豊かになれるのです。

歌の出典・作者

横山 未来子　よこやま・みきこ／1972年、東京都生まれ。
出典『樹下《じゅか》のひとりの眠《ねむ》りのために』

雨粒の滴る森のやわらかく俯いているアカキツネガサ

「アカキツネガサ」とは、赤褐色《せきかっしょく》のカサを持つキノコ。湿気《しっけ》が大好きなキノコなので、雨粒《あまつぶ》の滴《したた》る森は、もっとも過ごしやすい環境《かんきょう》でしょう。「俯《うつむ》」く動作には、落ち込《こ》んだり、なにかをくやんだり、ちょっと暗い気持ちを想像しがちですが、雨粒に打たれるキノコの俯きなので、うっとりと気持ちよく喜んでいる様子を表現しているように思います。それを裏付けるのが「やわらかく」という形容。擬人化《ぎじんか》されたキノコによって、密かな場所の静かな営みがじわじわと伝わります。

歌の出典・作者

原田 彩加　はらだ・さいか／1980年、高知県生まれ。
出典『黄色いボート』

鳳仙花はじけるそれをはじまりの合図と呼んで夏への助走

よく熟した鳳仙花《ほうせんか》の実は、手で触《ふ》れるとぱあんとはじけます。種を遠くへ飛ばすための、植物ならではの工夫です。あの瞬《しゅん》間《かん》を、季節が夏へと変わる「はじまりの合図」とするなんて、すてきです。言葉を持たず、文化の意識を持たずとも、季節の変わり目はちゃんと知っている植物たち。その無言のささやかな営みに対する敬意が感じられるこの歌は、細部を見つめることで得られた予感から、心地よい季節の広がりへと発展させています。

歌の出典・作者

田中 ましろ　たなか・ましろ／1980年、滋賀県生まれ。

出典『かたすみさがし』

「いきますか」「ええ、そろそろ」と雨粒は雲の待合室を出てゆく

雨が降り出す瞬間《しゅんかん》をコミカルかつユーモラスに描《えが》いた一首。思えば、あんなに空高くにある雲から、あんなに小さな雨の一《ひと》粒《つぶ》一粒が落ちてくるなんて、スリルに満ちています。「待合室」という語が、雨粒の擬人《ぎじん》化《か》というファンタジックな設定を、妙《みょう》にリアルなものに変えます。空から落ちるまでの心の準備をしているようで、そこではみな、そわそわどきどきしているに違《ちが》いありません。そんなことを想像しながら雨雲を眺《なが》めると、いつもと違って見えます。空の雲のかすかな動きも見逃《みのが》せないような気持ちになります。

歌の出典・作者

木下 龍也　きのした・たつや／1988年、山口県生まれ。
出典『きみを嫌《きら》いな奴《やつ》はクズだよ』

あじさいが前にのめって集団で土下座をしとるようにも見える

あじさいの花に見えている部分は萼《がく》だということですが、こんもりした独特の形は、普通《ふつう》の花よりも大きく、重そうです。この歌のあじさいは、なにかの拍子《ひょうし》に一方向につんのめってしまったのでしょうか。あじさいの丸い形は、人の頭のようにも見えるので、「土下座」という行為《こうい》にも見えることがあるでしょう。究極の謝罪の身体表現である「土下座」を、あじさいから感受してしまう心の苦味が伝わってきます。「しとる」は方言で「している」という意味。心の声がぽつんと漏《も》れ出てしまったような、脱力感《だつりょくかん》を醸《かも》し出しています。

歌の出典・作者

吉岡 太朗　よしおか・たろう／1986年、石川県生まれ。

出典『ひだりききの機械』

UTAKAI

歌会とは

「うたかい」または、「かかい」と読みます。短歌を作って発表し、お互《たが》いの歌に対する感想や批評を交わしあう会です。その場で短歌を作ることもありますが、事前に提出することの方が多いです。

提出する歌の創作方法として、「自由詠《えい》」「テーマ詠」「題詠」があります。

○自由詠……なんのしばりもなく自由に歌を詠《よ》むことです。

○テーマ詠……提示されたことばからイメージを広げます。そのことばが入っていなくても構いません。

○題詠……「題（ことば）」そのものを、短歌に組み入れなくてはいけません。

歌会準備

歌会の趣旨《しゅし》にあった短歌を作り、歌会を取りまとめる人に提出します。取りまとめる人は、名前を消して歌だけを並べ、分かりやすいように番号を振《ふ》って一覧表にします。

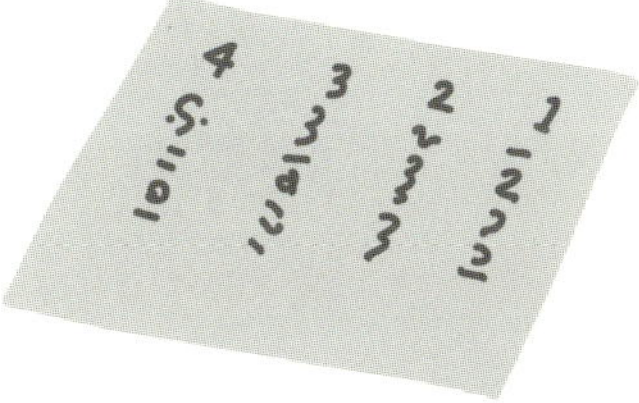

歌会当日

あらかじめ提出した短歌の一覧表(詠草集《えいそうしゅう》)が配られます。作者名を記載《きさい》していない詠草集が一般的《いっぱんてき》です。作者が分からない方が自由に意見が言える、という考え方からです。

※歌会の途中《とちゅう》で、自分の歌がどれかを言ったり、人にどの歌を作ったのか聞いたりしてはいけません。

みんなで楽しむには

このやり方だと、事前に詠草集を作った人は、歌の作者を知っていることになります。そのため、歌会の司会者になることが多いです。司会者を含《ふく》め、みんなで楽しむために、当日、匿名《とくめい》の短冊で短歌を提出し、よく混ぜてから手書きして詠草集をその場で作ることもあります。

選歌

じっくり読んで、好きな歌、気になる歌を、決められた数だけ選びましょう。何首選ぶかは、その都度指定されます。だいたい五、六首に一首の割合です。自分の歌を選んではいけません。

披講《ひこう》……参加者が順番に、選歌した歌を発表します。

それぞれの短歌に振《ふ》られていた番号を言い、その短歌を読みあげます。聞いている人は、どの歌が誰《だれ》に選ばれたか、メモをしておくと良いでしょう。

ドーナツ選！
1番、いろはに～……
○番、～……

どれにしようかな

選評……批評したり、意見を交わします。

批評したり、意見を交わします。

より多くの人に選ばれた歌から始めることが多いです。

その歌を選んだ人は、どこが良いと思ったのか、ポイントを絞《しぼ》って伝えましょう。もちろん、疑問に思ったことを伝えることも大事です。

また、その歌を選ばなかった場合でも、なぜ選ばなかったのかを訊《き》かれるときもありますので、考えをまとめておくと良いでしょう。

3番の歌、石ころくんが選んでましたよね？
ハ、ハイ！「青空」という表現がイイな～と思ったので……
ボクは、それがちょっと単純かな？と思って、選びませんでした

解《かい》題《だい》……歌会の最後に、歌の作者を明かします。

一首ごとに作者が名乗り出る方法と、司会者がまとめて伝える方法があります。

記名入りの詠草集《えいそうしゅう》を配る場合もあります。

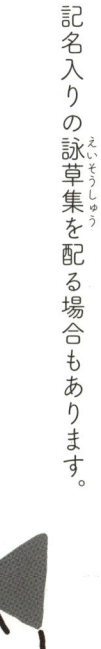

1番の歌の
作者は?
ハーイ

1番、石ころくん
2番、キツネさん
3番…………

わたしが思う歌会のメリット

短歌は一人で作るものですが、一人だけで作っていては、きちんと表現したいことが伝わっているかどうかは分かりにくいと思います。誰《だれ》かに読んでもらい、批評を受けることによって、自分の歌の良さにも欠点にも気付くことができます。

なにより、短歌一首を材料に、長時間真剣《しんけん》に気持ちや考えをぶつける場は、とても楽しく、エキサイティングです。率直に意見をぶつけあっても、それは作品をより良くするためのもので、歌会が終わったあとは、スポーツの試合後のように爽快《そうかい》です。

年齢《ねんれい》や職業など、普段《ふだん》あまり知り合うことのないような、さまざまなタイプの人と仲間として短歌に向き合える貴重な交流の場でもあります。

一方、吟行《ぎんこう》による歌会もあります。遠足のように、歌会をするメンバーで同じ場所に行って短歌を作り、歌会をします。

例えば、動物園吟行として動物園に行って短歌を作ります。同じ動物園でも、象や虎《とら》など、動物で歌を詠《よ》む人もいれば、遊びに来ている人を詠む人、檻《おり》を詠む人などいろいろです。即興《そっきょう》で歌を作る面白さを味わえます。

短歌紹介5
しょうかい

——

喜怒哀楽
き ど あ い ら く

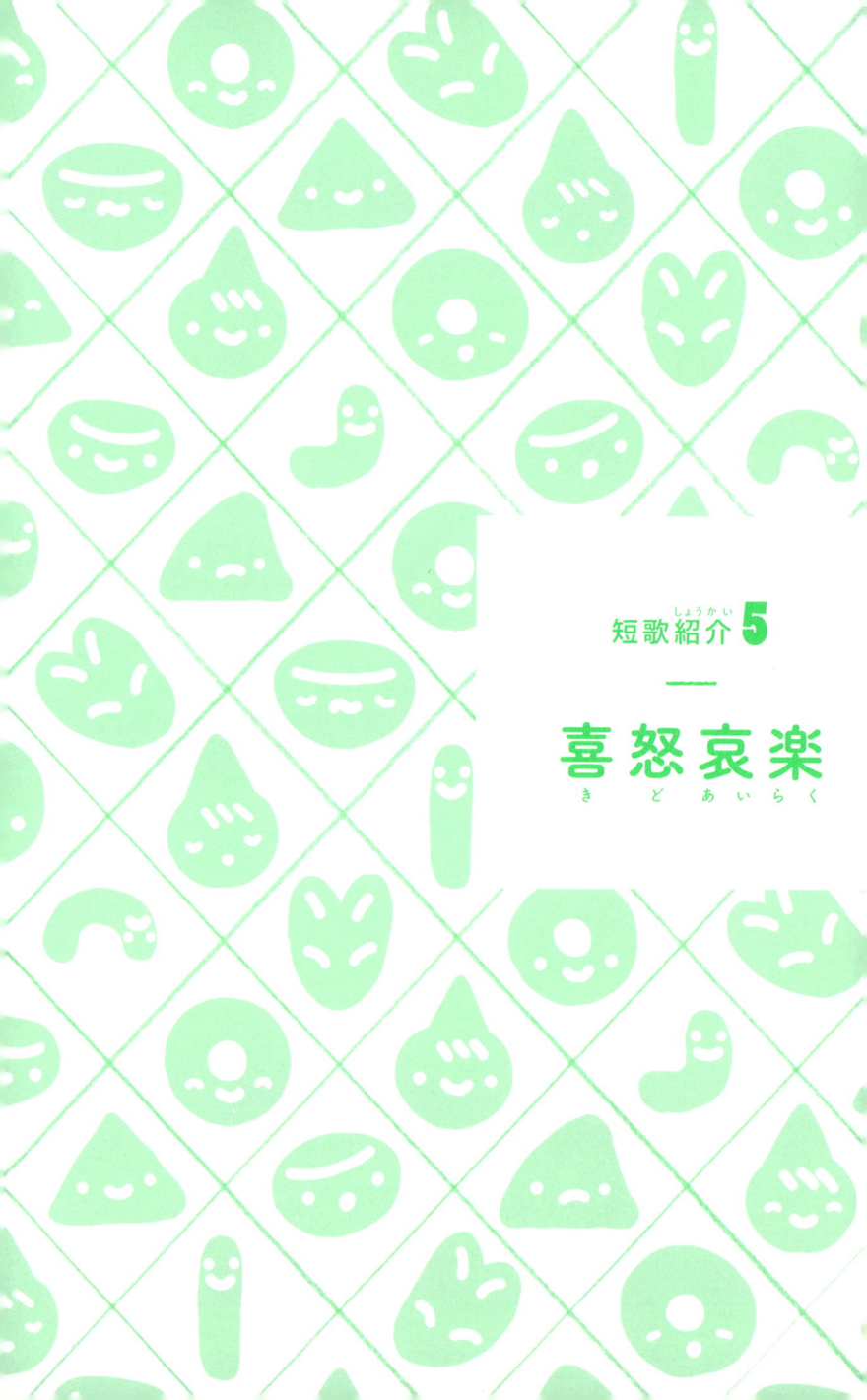

さんかくくんは
わかりやすい
あんなふうにとがっているときは
機嫌《きげん》がわるいときだ
おや？
さんかくくんが
なにかをみつけた
みたい・・・
タタタッ…
…やっぱり
さんかくくんは わかりやすい

生きるよろこびしみじみおもふ冬空が黄に夕焼けてうつくしければ

空が夕焼けてきたことに気付いて、しばらくそれをじっと見つめていたこと、誰《だれ》にでもあるのではないでしょうか。そんなとき、いろいろなことを考えたりしますよね。この歌では、「生きるよろこびしみじみおも」っています。忙《いそが》しかった昼間の仕事を終えて夜へと向かう、ほっと一息ついた時間だったのでしょう。今日もよくがんばった。しっかり生きた。今、生きていることがしみじみうれしい……。明治時代生まれの作者はすでに亡くなっていますが、この歌を作ったときは、黄色い夕焼けを見ながら生きていることに深い感銘《かんめい》を受けていたのですね。

歌の出典・作者

結城 哀草果　ゆうき・あいそうか／1893〜1974年。山形県生まれ。
出典『樹蔭山房《じゅいんさんぼう》』

ここはアヴィニョンの橋にあらねど♩♩♩曇り日のした百合もて通る

ア

ヴィニョンの橋は、フランスの南部にある実在の橋ですが、この橋の上で歌い踊ろうという内容の民謡《みんよう》があり、日本でも知られています。そんな、人々が楽しげに歌い踊るイメージの橋を渡《わた》る気分を抱《かか》えて、「曇《くも》り日《び》のした」で、目の前にある橋を百合を持って通ろうとしています。「♩♩♩」という音楽記号が、歌いたくなるような気分を視覚的にも高めてくれます。そして、楽譜《がくふ》になっていなくても、アヴィニョンの橋を渡るあのメロディーが、頭の中をかけめぐります。そこに百合の花がその香《かお》りとともに華《はな》やかさを添《そ》え、楽しさ倍増です。

歌の出典・作者

永井 陽子　ながい・ようこ／1951～2000年。愛知県生まれ。

出典『ふしぎな楽器』

恋人と棲むよろこびもかなしみもぽぽぽぽぽぽとしか思はれず

恋《こい》人《びと》と、まるで動物のように寄り添《そ》って棲《す》む。片思いをしていたときには、夢のように感じられたその時間も、日常として定着してくると、喜怒哀楽《きどあいらく》もだんだん平たくなってくるのでしょう。とはいっても、子どものときに家族で暮らしていたときや、ひとりきりで暮らしていたときには決して味わえないような特別な感情は、生まれては消え、生まれては消え、しているのではないでしょうか。この歌ではそんな気分を「ぽぽぽぽぽぽ」と軽やかな響《ひび》きのオノマトペで抽象的《ちゅうしょうてき》に表現しているので、かえって想像が広がりますね。

歌の出典・作者

荻原 裕幸　おぎはら・ひろゆき／1962年、愛知県生まれ。
出典『あるまじろん』

いとしさもざんぶと捨てる冬の川数珠つながりの怒りも捨てる

誰《だれ》かを好きになっても、ずっと同じ気持ちでいられないところが、人間の哀《かな》しいところです。とっても好きなときなら、すべてがかわいく思えていたことも、それほどでもなくなってしまうと、なんだかいらいらしたり、嫌《いや》だな、と思ったり、時には怒《いか》りにさえかわってしまうこともあるでしょう。それらの気持ちは、一人のこころの中で、ぜんぶ数珠《じゅず》のようにつながっていて、とてもやっかいです。前にすすむために、冬のつめたい川の中にまとめて放り投げたのですね。辛《つら》い気持ちを共有したあとで、なんだかすっきりする一首です。

歌の出典・作者

辰巳 泰子

たつみ・やすこ／1966年、大阪府生まれ。

出典 『紅い花』

どうしても君に会いたい昼下がりしゃがんでわれの影ぶっ叩く

好きな人ができると、毎日でも会いたくなりますね。その感情が、どうしようもなく強くなることもあるでしょう。この歌の「われ」は、その感情にとらわれてしまいました。自分でもその感情を持て余してしまい、荒療治《あらりょうじ》のように自分の「影《かげ》」を「ぶっ叩《たた》」いたようです。なかなか勇ましいですね。しかし、なにしろ「影」ですから、いくら叩いても壊《こわ》れたり、消え去ったりはしてくれません。とても虚《むな》しい行為《こうい》です。虚しいと分かっていても、それをせずにはいられないことが分かります。影の形がよく見える「昼下がり」という時間が、その気持ちの強さを伝えるポイントでしょう。

歌の出典・作者

花山 周子　はなやま・しゅうこ／1980年、東京都生まれ。
出典『風とマルス』

怒りつつ洗うお茶わんことごとく割れてさびしい　ごめんさびしい

ケンカをして、いらいらした気分や怒《いか》りを抱《かか》えたまま皿を洗っていました。ついつい乱暴に扱ってしまい、次々にお茶わんが割れてしまいました。物が壊《こわ》れる場に立ちあうのは、ただでさえ辛《つら》い気分になるのに、自分のコントロールできなかった感情のせいでそれが起こったと分かると、よけいに哀《かな》しくなります。ふと「さびしい」という言葉が口をついて出てしまいました。それは胸に兆した、そのときのさびしさ。そのあとの「ごめん」という感情で繰《く》り返された「さびしい」は、これまでの長い時間を含《ふく》めてのさびしさを表現しています。

歌の出典・作者

東 直子　ひがし・なおこ／1963年、広島県生まれ。
出典『青卵』

おそろしく寂しいというかたわらにいるのに土鳩も鳴いているのに

そばにいる誰《だれ》かが「おそろしく寂《さび》しい」と口にしました。どうしてそんなに寂しいのか、自分には理解できず、戸惑《とまど》っています。言葉を返すことができず、しん、としずまりかえってしまいました。すると、どこかで鳴いている土鳩《どばと》の声が聞こえてきました。普段《ふだん》ならあまり気にもとめずに聞き流している声ですが、このときばかりは、その二人の沈黙《ちんもく》を埋《う》めるように響《ひび》いたのでしょう。自分ではどうすることもできない、目の前にいる人の寂しさが、辺り一面を支配したようで、人が心の奥底《おくそこ》に抱《かか》えている寂しいという感情の深さを伝えています。

歌の出典・作者

佐伯 裕子

さえき・ゆうこ／1947年、東京都生まれ。
出典 『寂《さび》しい門』

「わけもなく悲しくなる」の項目に丸をつけてる性格テスト

詩歌は、「わけもなく悲しくなる」状態の機微《きび》を、いろいろなバリエーションで表現しているといえるでしょう。けれども、こうして心の状態を表すフレーズを直接切り取ると、急に性格テストの項目《こうもく》のようになります。心って、こんなふうに試されるものなのか、と思うと、自分自身の心の動きも少し引いて考えられるような気がします。悲しさがあふれているときは、周りのものが見えなくなるほど落ち込《こ》んでしまいますが、この歌を思い出すと、自分が悲しい気持ちでいる、ということそのものに冷静になれる気がします。

歌の出典・作者

加藤 千恵　かとう・ちえ／1983年、北海道生まれ。
出典『たぶん絶対』

五臓六腑がにえくりかえってぐつぐつのわたしで一風呂あびてかえれよ

「五《ご》臓六腑《ぞうろっぷ》が煮《に》える」というのは、非常に
腹が立ったときの様子を表す慣用句で、
あくまでも比喩《ひゆ》表現の一つです。けれどもこ
の歌では、ほんとうに五臓六腑がぐつぐつ煮
えたぎっているようですね。慣用的表現を逆
手に取って、事実として描《えが》くことで、独特の
ブラックユーモア的な味わいが生まれていま
す。ぐつぐつ煮えるのだからお湯もわかせる、
だからお風呂《ふろ》がわいているよ、というのは、
遊びごころ満載《まんさい》です。実際に「五臓六腑がに
えくりかえって」いた状態の人も、ふっと笑
ってしまって和みそうです。

歌の出典・作者

望月 裕二郎　もちづき・ゆうじろう／1986年、東京都生まれ。
出典　『あそ‿』

寂しくてひとり笑えば卓袱台の上の茶わんが笑い出したり

一人暮らしをしていると、話し相手がいないので、ずっと黙《だま》っていることになります。でも人は、だれかと話をしないではいられない生き物なのだと思います。それであるとき、意味もなく笑ってしまったのです。すると、なんと「卓袱台《ちゃぶだい》の上の茶わんが笑い出した」のだそうです。ほんとうにそんなことが起こったのか、歌の中の人の錯覚《さっかく》なのかは分かりませんが、一緒《いっしょ》に笑ってくれるお茶わんは、心をなぐさめてくれる存在だったことは間違《まちが》いないと思います。究極の寂《さび》しさが、目の前にある物に、なんらかの魂《たましい》を呼び寄せてしまうのかもしれませんね。

歌の出典・作者

山崎 方代　やまざき・ほうだい／1914～1985年。山梨県生まれ。
出典『こおろぎ』

-ONOMATOPOEIA-

オノマトペとは、擬音語《ぎおんご》や擬態語のことです。

『擬音語』

生きものや物が発する音に似せた言葉のことです。たとえば、犬の鳴き声を「ワン」、雨の音を「ザーザー」「しとしと」など。

例歌

ほほほほと花がほころぶ頃《ころ》のこと思い浮《う》かべてしまう如月《きさらぎ》

東直子

花がほころんでくる様子を、笑い声のような音で表現してみました。

『擬態語』

実際は音のしない、心で思っていることや状態などを言葉で表現したものです。たとえば、「にやにや」「キラキラ」など。

例歌

夏至ならば出かけませんかゆらゆらとしんとうれしい夜の散歩

東直子

夏至の頃の、湿気《しっけ》の多い空気の中を好きな人と散歩する揺《ゆ》れる気持ちを「ゆらゆら」で表しています。

-ONOMATOPOEIA-

LET'S TRY!

オノマトペ当て　初級編

Q

空白部分のオノマトペを当ててみましょう。

① □とわたしは歩く水ぶくろ歩きつかれて月下水のむ

② てのひらにてのひらをおく□と小さなほのおともれば眠《ねむ》る

選択肢《せんたくし》

とぼとぼ　ぼちゃぼちゃ　ばりばり　ほつほつ

ぎらぎら　ぎろぎろ　ぴいぴい　ぼろぼろ

ぼちゃぼちゃとわたしは歩く水ぶくろ歩きつかれて月下水のむ

渡辺《わたなべ》松男『泡《あわ》宇宙の蛙《かえる》』

自分の身体を「水ぶくろ」と捉《とら》えたユニークな切り口。人間の身体は60パーセント程が水でできているらしいので、何十リットルもの水を抱《かか》えているといえるのです。そんな切り口で捉えてみると身体の神秘性に触《ふ》れた気がします。

てのひらにてのひらをおくほつほつと小さなほのおともれば眠る

東直子『春原さんのリコーダー』

こどもを寝《ね》かせているとき、てのひらがふっと熱くなる瞬間《しゅんかん》があって、そのとき、この子は眠《ねむ》るのだな、と思いました。やわらかいてのひらが熱くなって、命がたしかに燃えている実感を「ほつほつ」に、込《こ》めました。

ツチヤクンクウフクと鳴きし山鳩はこぞのこと今はこゑ遠し

土屋文明『山下水』

敗戦後に作られた歌で、食べ物がなくて、きっと他のことが全く考えられないほどに空腹だったのだと思います。「ツチヤクンクウフク」には、山鳩《やまばと》の声も、それを伝えるセリフのように聞こえてしまう。苦しいこともユーモアに変える力のあるオノマトペです。

べくべからべくべかりべしべきべけれすずかけ並木来る鼓笛隊

永井陽子『樟《くす》の木のうた』

「べし」という助動詞の活用の形の変化を鼓笛隊《こてきたい》が通りすぎるときの音になぞらえた、ナイスアイディア！　な一首です。「べし」という強い言葉の響《ひび》きが、誇《ほこ》らしげに演奏して去っていく奏者の心にも通じているようです。

オノマトペ当て 上級編

Q 空白部分のオノマトペを当ててみましょう。

① ［　］と鴉《からす》のこゑが遠ざかり陸橋の上まつしろな空

② 森のうへに［　］と白い雲があるあなたを支配してはならない

③ ［　］と洗濯機《せんたくき》泣けり隣《となり》の家は何を投げこみしならん

④ わが胸の鼓《つづみ》のひびき［　］酔《よ》へば楽しき

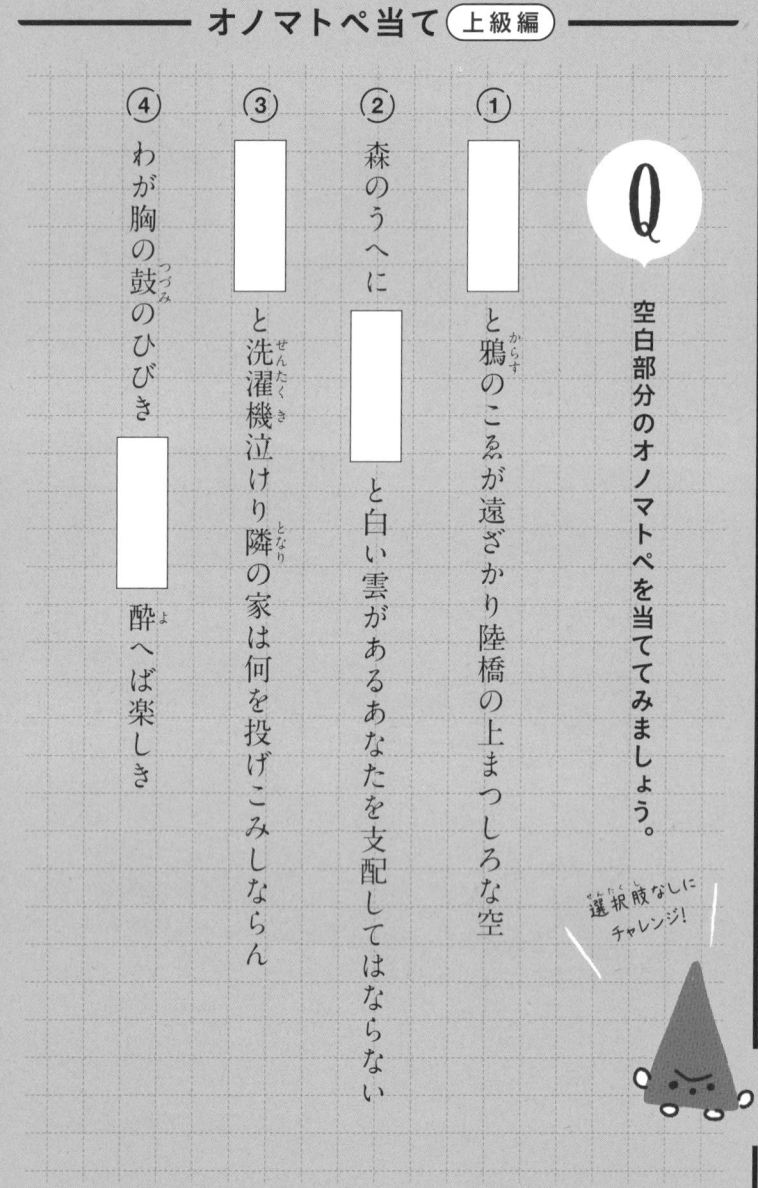

「カアカア」じゃ
ありきたりだよなー？
カラスの声……

直感で
大丈夫《だいじょうぶ》！

ああああと鴉のこゑが遠ざかり陸橋の上まつしろな空

花山多佳子《たかこ》『春疾風《はるはやち》』

鴉《からす》の鳴き声は「カァカァ」が一《いっ》般的《ぱんてき》ですが、確かに「ああああ」とも聞こえます。感嘆詞《かんたんし》の「ああ」に繫《つな》がり、なにかとりかえしのつかないときに思わず出てしまった声のようです。陸橋と白い空の組み合わせもなんともいえない緊張感《きんちょうかん》を誘《さそ》います。

森のうへにほかりと白い雲があるあなたを支配してはならない

真中朋久《ともひさ》『エウラキロン』

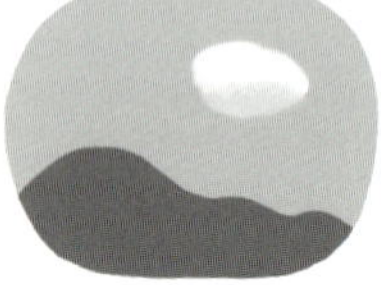

森の上の白い雲。なんだかメルヘンティックな構図で、「ほかり」がつくことによって、余計なことはあまり考えない、無垢《むく》なイメージが立ってきます。誰《だれ》にも支配されない自由な存在の尊さを象徴《しょうちょう》しているのでしょう。

ワアワアと洗濯機泣けり隣の家は何を投げこみしならん

高瀬《たかせ》一誌『喝采《かっさい》』

洗濯機《せんたくき》が思いの外大きな音を立てることがありますね。隣《となり》の家の洗濯機を擬人化して大声で泣いているかのような描写《びょうしゃ》はユーモラスですが、なんだか切なくもあります。投げ込《こ》まれたら、とにかく洗うしかない機械への哀惜《あいせき》があるからでしょう。

わが胸の鼓《つづみ》のひびきたうたらりたうたうたうたらり酔へば楽しき

吉井《よしい》勇『酒ほがひ』

自分の胸を鼓《つづみ》になぞらえて、酔《よ》っぱらった気分や体感を、リフレイン（繰《く》り返し）を取り入れたオノマトペで表現しています。酔っぱらうと歌うような調子で話す人がいますが、その感じを言葉にしたみたいで面白いですね。

短歌紹介《しょうかい》 6

恋《こい》

ドーナツくんには
憧《あこが》れの人がいる
今日も元気かな
その人はいつも美しく
輝《かがや》いている
いつかあの人の
輪っかになれたらいいのに

きみが歌うクロッカスの歌も新しき家具の一つに数えむとする

ちょっとはずんだ気分で「きみ」は「クロッカスの歌」を即興《そっきょう》で鼻歌のように歌ったのでしょう。それを、二人で一緒《いっしょ》に使う「家具」と数えるということは、毎日大事にするという意味がこもっています。歌声という手では触《さわ》れないものを、形のある「家具」になぞらえる発想がまず新鮮《しんせん》だし、クロッカスという花が咲《さ》く春先の季節感と「新しき家具」の取り合わせは、新生活を想像させます。「きみ」のはずんだ気分が、読んでいるうちに乗り移ってきて、一緒に歌を歌いたくなります。

歌の出典・作者

寺山 修司　てらやま・しゅうじ／1935～1983年。青森県生まれ。
出典 『血と麦』

いつもより一分早く駅に着く　一分君のこと考える

恋《こい》心が高まっているときって、四六時中相手のことを考えてしまうことがありますね。通勤時間のようにひたすら急がなくてはならない時間でさえ、ほんの少しでも隙《すき》間《ま》ができれば、やっぱり考えてしまうのです。「一分」という具体的な時間設定が絶妙《ぜつみょう》で、だらだらぼんやり考えているのではなく、社会生活はきちんと送った上で、可能な時間だけきっちり考える、というきまじめな性格が伝わってきます。今日も世界中のどこかで、誰《だれ》かが誰かをこんなふうに想っていることでしょう。

歌の出典・作者

俵 万智　たわら・まち／1962年、大阪府生まれ。
出典『サラダ記念日』

雲がみなあんなに速く流れゆくねぇシンプルに「好きだ」と言って

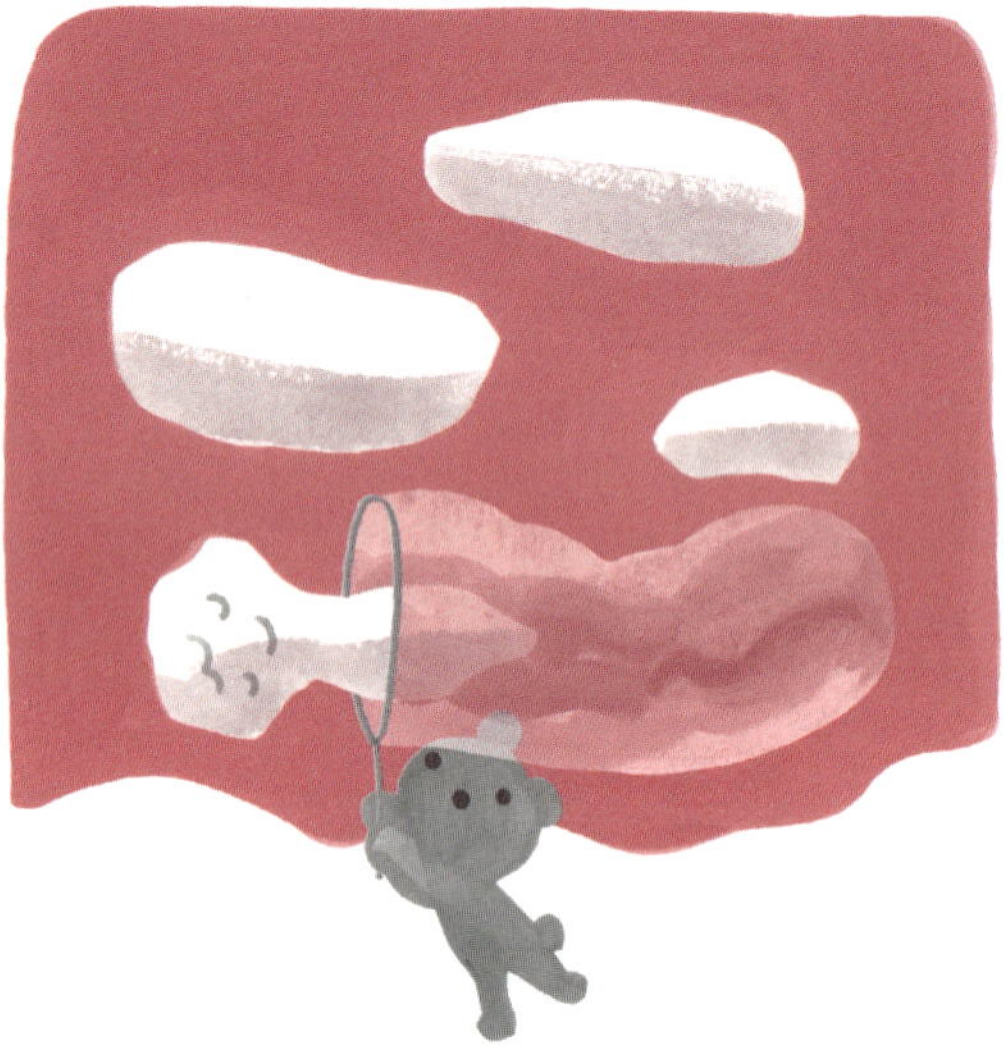

空の雲が流れていく様子が、時間が流れていることを目に見えるもののように感じさせたのでしょう。消え去っていく雲のように、なにもできないまま時間だけが過ぎていくような気がして、焦《あせ》ってしまうし、なんだか切なくなります。だから、今すぐにでも恋《こい》を進行させたいと願うのです。色を持たないシンプルな雲と同じように、余計な詮索《せんさく》や思惑《おもわく》抜《ぬ》きに、まっすぐな愛の言葉を求めています。青春映画のキャッチコピーにしたいような、みずみずしさです。

歌の出典・作者

干場 しおり　ほしば・しおり／1964年、東京都生まれ。
出典『そんなかんじ』

終バスにふたりは眠る紫の〈降りますランプ〉に取り囲まれて

そんなことは書いてはいないのに、手をつないだまま眠《ねむ》っている二人の姿が浮《う》かびます。昼間は一日中デートを楽しみ、終バスに乗りました。あとは家に帰るだけです。「降りますランプ」が、次のバス停で必ず降りなさいと告げているようです。楽しい、夢のような時間も終わりを告げています。「紫《むらさき》」という色は、暖色と寒色の中間色。この先の二人がハッピーなのか悲しいのか分からない、ということを示しているようで、絶妙《ぜつみょう》な色あいだと思います。いずれにしても恋人《こいびと》たちの美しい一瞬《いっしゅん》が、一首の中に永遠に閉じ込《こ》められています。

歌の出典・作者

穂村 弘　ほむら・ひろし／1962年、北海道生まれ。
出典『シンジケート』

対岸をつまずきながらゆく君の遠い片手に触りたかった

二人の間に川が流れています。京都の大学に通って青春を送った作者の作品には、京都の鴨川《かもがわ》を思わせる川がよく登場するのですが、この歌の川もそうなのでしょう。対岸で偶然《ぐうぜん》見かけた「君」は、つまずいたりなどして、なんだかあぶなっかしそうです。触《さわ》ることのできる距離《きょり》にいたならば手を差し出してあげるのに、というもどかしい想いが伝わります。「遠い片手」というフレーズには、手を触《ふ》れることのできない、切ない片思いの心境が重ねられているのだと思います。最後が過去形なので、この片恋《かたこい》は成就しなかったのでしょうか。

歌の出典・作者

永田 紅　ながた・こう／1975年、滋賀県生まれ。
出典 『日輪』

すきですきで変形しそう帰り道いつもよりていねいに歩きぬ

相手を好きな気持ちが高ぶりすぎると世界全体の感覚が変化してしまうような奇妙《きみょう》な感じがすることがあります。それを「変形」という熟語にまとめるなんて衝撃的《しょうげきてき》ですね。でも、説得力もあります。好き過ぎて心が暴走して、なにがなんだかわからなくなっていく感じ。「恋《こい》は盲目《もうもく》」という慣用句がありますが、これまでの冷静な自分自身を見失うという意味では、視覚だけにとどまらず、自分の存在全部が変わってしまう「変形」の語の方がふさわしいでしょう。おかしな行動に走らないよう、自分を抑《おさ》えて行動している様子が下の句で描《えが》かれています。

歌の出典・作者

雪舟 えま　ゆきふね・えま／1974年、北海道生まれ。

出典『たんぽるぽる』

日が陰る校舎の隅に響いてた和声の中に君を探した

だんだん日が陰《かげ》ってくる校舎の隅《すみ》にコーラスが響《ひび》いてきたのです。部活動でしょうか。叙情的《じょじょうてき》で郷愁《きょうしゅう》を誘《さそ》うシーンです。そのコーラスの声の中に、意中の人の声を聞き分けようとするなんて、さりげないけれど、その人でなければならない、という強い想いが伝わってきます。そばにいなくても、姿が見えなくても、声だけでも感じ取りたいのです。切実な気持ちが伝わると同時に、「君」がこの世に存在することへの無上の喜びが込《こ》められているように思います。

歌の出典・作者

竹内 亮　たけうち・りょう／1973年、茨城県生まれ。

出典『タルト・タタンと炭酸水』

さみしくて貝のような息をして　瞼に君を閉じ込めてしまおう

一人でいると、好きな人に会いたくてたまらない気持ちがどんどん高まってしまいます。すると、だんだんと孤独感《こどくかん》に包まれてしまいます。気分はまるで、海の底でじっとりと生きている貝のよう。貝の息ってなかなか想像ができないけれど、それほど生きている実感が弱まってしまったということでしょうか。せめて瞼《まぶた》を閉じれば想像の世界で君と出会えるように、その記《き》憶《おく》を永遠に「閉じ込《こ》めて」しまいたいと考えます。内気な恋《こい》の究極の願いが込められているようです。

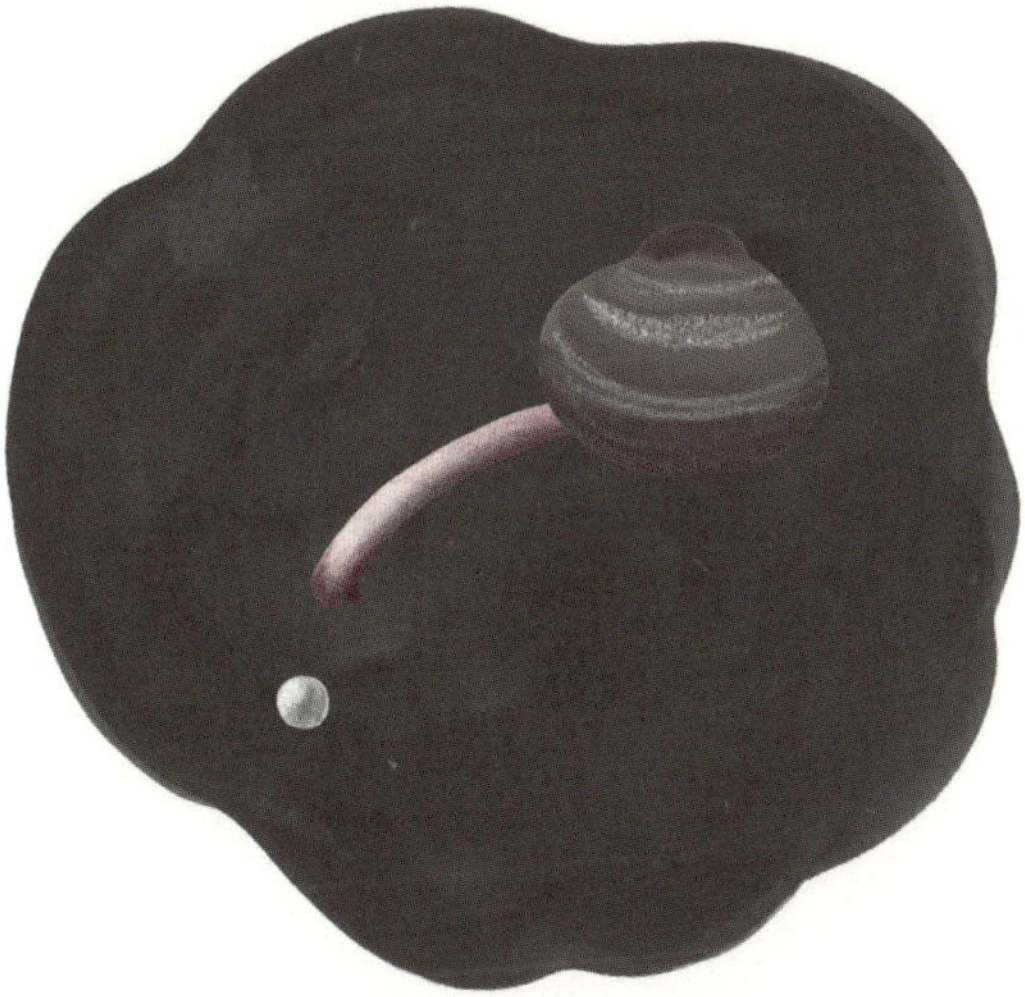

歌の出典・作者

小島 なお　こじま・なお／1986年、東京都生まれ。
出典『乱反射』

君といて色んなテレビが面白い　ゆっくり坂を上から下へ

好きな人と一緒《いっしょ》にいれば、どんなことでも楽しくなるのです。一人で見ていたらくだらないなあ、とかつまらないなあ、と思ったテレビ番組も、おしゃべりの種になって、なんでも面白く感じられるようになったのでしょう。世界と接触《せっしょく》するときの感触を変えてくれるのが恋愛《れんあい》というものなのかもしれませんね。ゆるやかな坂道を上り下りするのも、恋人《こいびと》と一緒なら、とても味わい深いものに変わります。それは二人で過ごす長い時間を比喩《ひゆ》しているようにも思えます。

歌の出典・作者

永井 祐　ながい・ゆう／1981年、東京都生まれ。

出典 『日本の中でたのしく暮らす』

湖に君の姿は映されてそのまま夏の灯心となる

湖に浮《う》かんだボートに乗っている「君」の、その姿が水面に映っています。目の前に存在することを認めつつ、湖に映っている二次元の「君」の姿も美しいものとして感受しています。その人のことがとても好きだからなのでしょう。きれいだな、神々《こうごう》しいな、と好ましく想う気持ちが、「夏の灯心」という言葉を引き出してきたのです。ひと夏を灯台のように照らし、やさしい光を放ちます。湖の水面に映されたその姿が、夏の間ずっと心を寄せていたものの象徴《しょうちょう》となりました。

歌の出典・作者

服部 真里子　はっとり・まりこ／1987年、神奈川県生まれ。
出典『行け広野へと』

Tanka Lesson
短歌レッスン 1-6

ただ三十一音分言葉を並べただけで短歌になる、わけではありません。五七五七七の韻律《いんりつ》を意識しながら伝えたいことを整理し、限られた枠《わく》の中で詩として成立させることが目標です。一首の中にいろいろ詰《つ》め込《こ》みすぎないよう、言葉を選び、内容を絞《しぼ》り込みます。まずは、身の回りで見聞きしたことをどのように短歌にまとめていくか、私の歌を使って説明します。

例歌

京ことばふうのしろき湯気たてててゆっくり熟す白飯あまし

東直子

この歌は、「京都で短歌を作る」という企画《きかく》の中で作った一首です。おいしい京料理の数々《かずかず》を食べたあと、最後にお釜《かま》で炊《た》いた真っ白いごはんが出てきました。炊《た》き立てのごはんは、ほかほかと白い湯気をたてていました。ゆっくり噛《か》むと、ほんのり甘《あま》く、身体の内側からほかほかと温かくなっていくような気がしました。

このほんのりした甘さは、やわらかい響《ひび》きの京都の言葉と、感覚的に通じるものがあると感じたのです。さらに、硬《かた》いお米がゆっくりとやわらかくなっていく過程そのものにも、そしてふんわりとたちのぼる湯気にも、似ている、と思いました。そこで「京ことばふうのしろき湯気」という比喩《ひゆ》が浮《う》かびました。すると、湯気が京ことばを話す人のようになって、歌の中心が決まりました。あとはご飯が炊けるまでの様子をじっくり描《えが》き、ご飯そのものの味わいを最後に描きました。「しろき」、「熟す」「白飯」「あまし」とサ行音を繰《く》り返し、言葉の響きの上でも心地よくなるよう演出しました。歌の中の気分に合う音を見つけてくることも大事です。

言葉の形が決められているからこそ、その中でいかに個性を発揮できるかを工夫する楽しみがあります。次のページからは、短歌の表現方法をいくつかご紹介《しょうかい》します。

1

言葉の響《ひび》きを効果的に使いましょう

短歌は、音数の限られた短い詩です。普通《ふつう》の文章は「散文」と呼ばれ、詩歌は「韻文《いんぶん》」と呼ばれます。「韻文」というのは、音楽的な要素をともなった文章のことです。前のページでは、サ行音を繰《く》り返し、言葉の響きの上でも心地よくなるよう演出した短歌を紹介《しょうかい》しました。他にも、一〇〇ページで紹介した「オノマトペ」や、「リフレイン」を使って演出することもできます。「リフレイン」とは、同じような言葉を何度も繰り返し使うことです。一見言葉の無駄遣《むだづか》いに感じるかもしれませんが、あえて何度も使うことによって心地よさや強さが生まれます。

例歌

とうに答は**ミシンカタカタ**ほのあかく見えているけど**ミシンカタカタ**

東直子『青卵』

夕陽が窓からさす部屋でミシンを使いつつ、自分が決めなくてはいけないことをばくぜんと考えています。その心を表すために、オノマトペとリフレインを使っています。ミシンの立てる「カタカタ」という音は、ミシンの針が上下に規則的に動いていることを示します。それが、時間が過ぎていくことを感覚的に伝えるのです。言葉を繰り返すことによって答えを先延ばしにしている感じを出しています。「ほのあかく」は夕陽の色ですが、内面の不安感が反影《はんえい》されています。

2 表記について

同じ言葉でも、漢字とひらがなで受ける印象は変わりますね。短歌作品の場合も、表記の違《ちが》いによる印象の変化を効果的に利用して、さまざまな表現を試してみるとよいでしょう。ひらがな・カタカナ・漢字、それから、記号など、日本語の持つ豊かな表記が多様な作品を生み出す手助けをしてくれます。一般的《いっぱんてき》に、漢字は見た瞬間《しゅんかん》に意味が取れるので、読み込《こ》むスピードは早いですが、直線が多くて画数もあり、やや硬《かた》い印象があります。ほとんど曲線でできているひらがなは、やわらかく、ゆったり読めます。直線的なカタカナは、シャープで軽やかな印象を受けますね。

例歌

アナ・タガ・スキ・ダ　アナ・タガ・スキ・ダ　ムネ・サケ・ル　夏のロビンソン

東直子『青卵』

この歌を作ったとき、ロボットが少女に愛を告げながら壊《こわ》れていくイメージがありました。ロボットのかたいボディーと棒読みのセリフを想像してカタカナを選び、言葉が詰《つ》まる様子を言葉の間に「・」を入れて表現しました。「・」や一字空きも一音と数えて、字余りの短歌としている特殊《とくしゅ》な作りの一首です。「ロビンソン」はそのロボットの名前です。『ロビンソン漂流記《ひょうりゅうき》』の主人公の名前を意識しています。一人で無人島で暮らしたエピソードから、孤独感《こどくかん》も加味しています。

3 かな遣《づか》いについて

現代短歌は、通常の表記である「新かな（現代のかな遣い）」を使う人がほとんどです。さらに、会話をしたり、メールをしたりするときに使う普段《ふだん》の文体である「口語」が選ばれることが多いです。しかし三〇年くらい前までは、「旧かな（歴史的かな遣い）」で、昔の文体の「文語」で短歌を作る人の方が多かったのです。どの表記や文体を選ぶかは個人の自由です。基本的には、かな遣いや文体は一人の人でコロコロ変えず、統一させます。ただし自分の文体を獲得《かくとく》するまではいろいろ試してみて、自分にぴったりの文体を見つけていくとよいでしょう。

例歌

まつちや入りかすていら切り分けようぞ　つつぷしてゐるこころを起こし

東直子『春原さんのリコーダー』

落ち込《こ》んでいる状態から起き上がって、抹茶《まっちゃ》カステラを切り分けて食べようとしています。普段私は新かなで口語の歌を作っていますが、この歌ではあえて旧かなと文語を使用して実験的に作りました。旧かなと古い言い回しで、少し芝居《しばい》がかったようなユーモアを醸《かも》し出しました。これを口語新かなで表現すると「まっちゃ入りカステラ切り分けましょう　つっぷしている心おこして」となるでしょうか。文語の歌と比べて、迫力がなくなっていますね。

4 枕詞《まくらことば》について

短歌は、千年ほど前に盛んに詠《よ》まれていた和歌の流れをくんでいます。その和歌から受け継《つ》がれている技法もいくつかあり、枕詞はその一つです。古典的技法の中では、現代短歌の中でも比較的《ひかくてき》多く使われています。「あかねさす」という枕詞は「日」や「昼」に、「むらぎもの」という枕詞は「心」に、といった具合に、枕詞が修飾《しゅうしょく》する言葉には、一定のきまりがあります。基本的には言葉の飾《かざ》りのようなものですが、言葉の印象や響《ひび》きを生かして、現代短歌に古典の風味を添《そ》えて得られる独自の効果が期待できます。

例歌

傷あとがわたしのしるしぬばたまの夜をくぐりて朝たぐりよせ

東直子『春原さんのリコーダー』

「ぬばたまの」は、黒・闇《やみ》・夢・月・髪《かみ》の枕詞です。なにもない「夜」を置くよりも、闇の暗さや深さが増し、夜の情感が増した気がします。「ぬばたま」という言葉は、その響きに独特のねばりがあり、少し禍々《まがまが》しいです。なにか得体のしれないものが潜《ひそ》んでいるようなイメージが伴《ともな》います。そんな暗くて長い夜をくぐり抜《ぬ》けたからこそ、その対比として結句の「朝」の光も強く輝《かがや》く気がするのです。

枕詞 主な例

- あかねさす……日・昼・紫《むらさき》・君
- うつせみの……命・世・人・身・空し・殻《から》
- たらちねの……母・親
- ちはやぶる……神・社・氏・宇治
- なつくさの……しげき・深く・野
- ひさかたの……天・空・日・月・光・雲
- ゆふづくよ……暁《あかつき》・小暗し・小倉
- わかくさの……夫・妻・新・若

5 字余り・字足らず・句またがりについて

短歌の基本は五七五七七の三十一音です。「音が余分に増えてしまったり、足りなかったりしては、絶対にいけないのですか」と聞かれることがよくありますが、絶対ではありません。音が余分にあることを「字余り」、逆に足りないときは「字足らず」と呼びます。五七五七七になるように言葉をととのえていくのは大切な作業ですが、時には意識的に字余りや、字足らずの形で作ることもあります。それを「破調」と呼びます。また、五七五七七の「五と七」または「七と七」などが合体した形で言葉がまたがっていることがあり、「句またがり」と呼ばれます。

例歌

火を消しておしまいにする夜祭の闇に立ち続けている姉さん

東直子『春原さんのリコーダー』

この歌では、下の句が「闇《やみ》に立ち続けている姉さん」となっていて、本来「七・七」となるべきところが「十一・四」の形になっています。四句目が七音で収まらずに、結句の七音にまたがっていて、全体的には字余りの形になっているのです。あえて短歌の定型のリズムを崩《くず》した形になっているので、少し不安定な雰囲気《ふんいき》になってしまっていると思います。夜祭の火が消えたあとも闇に立ち続ける「姉さん」の不穏《ふおん》なイメージと、その不安定感を響《ひび》きあわせました。

6 言葉で遊ぶ

短歌には、「折り句」と呼ばれる、言葉のパズルのような技法があります。五七五七七の各句の一文字目に、五文字のお題を一文字ずつ当てて作ります。一首の意味内容の他に、一つの言葉が折り畳《たた》まれて仕込《しこ》まれている形になります。これは、和歌の時代から使われてきた技法です。ゲーム性が強く、個人的な想いからは少し離《はな》れた作品になるかもしれませんが、普段《ふだん》はなかなか使わない語彙《ごい》を引き出すトレーニングにもなると思います。今回、「つめあわせ」という言葉を、折り句の題として、一首の中に組み込んでみました。

例歌

土を踏《ふ》んで目を光らせて朝をゆくわたくしたちはせせらぎになる

東直子

各句の頭の文字が決められているからこそ、言葉そのものをいろいろと引き出そうとして、いつもとは違《ちが》う筋肉を使っているおもしろさ、楽しさ、そして苦しさが味わえます。「つ」から「土」を導き出し、野性的な楽しさを描《えが》こうと方針が決まり、その世界観と照らし合わせながら結句まで順に考えていきました。

その他の技法に、「本歌取り」といって、とても有名な作品の一部を使って自分の新しい世界として発展させる創作方法もあります。

短歌紹介《しょうかい》 7

不思議

ある星の環《わ》に
2匹のペンギンが
暮らしていた
またいつもの
レースしようよ
先に
100周したほうが
勝ちね
おうよ！
いま
何周目？
ん…？
4周目かな
この星は
安眠《あんみん》できない
キャア
キャア

ぞろぞろと鳥けだものをひきつれて秋晴の街にあそび行きたし

よく晴れた秋の一日。ピクニックに出かけるには、最高ですね。せっかくなのでにぎやかに行きたいところですが、この歌では、なんと、人間の友達ではなくて、鳥や獣《けもの》をお供にしたいと言っています。なんだか、おとぎ話の主人公になったみたいで、楽しそうです。言葉ではない声を交わしあいつつも、意志はきちんと通じあっているようなグループが思い浮《う》かびます。後ろからいろんな動物たちがぞろぞろとついてきているのだ、と思えば、ただの散歩も豊かに、楽しく、うきうきできますね。

歌の出典・作者

前川 佐美雄　まえかわ・さみお／1903〜1990年。奈良県生まれ。

出典『植物祭』

つくつくぼふし三面鏡の三面のおくがに啼きてちひさきひかり

三面鏡の鏡を動かすと、鏡の中に鏡がうつりこんで、永遠に奥《おく》に続いているように見えます。異次元につながっているようなその光景の中で、つくつくぼうしが「啼《な》」いていたのでしょう。実際には外で鳴いている声が聞こえたのだと思いますが、鏡の奥で鳴いているのだと表現することによって、たちまちその空間が神秘的になります。「つくつくぼふし」は漢字で書くと「つくつく法師《ぼうし》」、つまりお坊さんの意味が入っています。三面鏡の奥でお経を唱えているイメージにもつながります。最後は「ちひさきひかり」と、音が光に変わっている点も神秘性を増すポイントです。

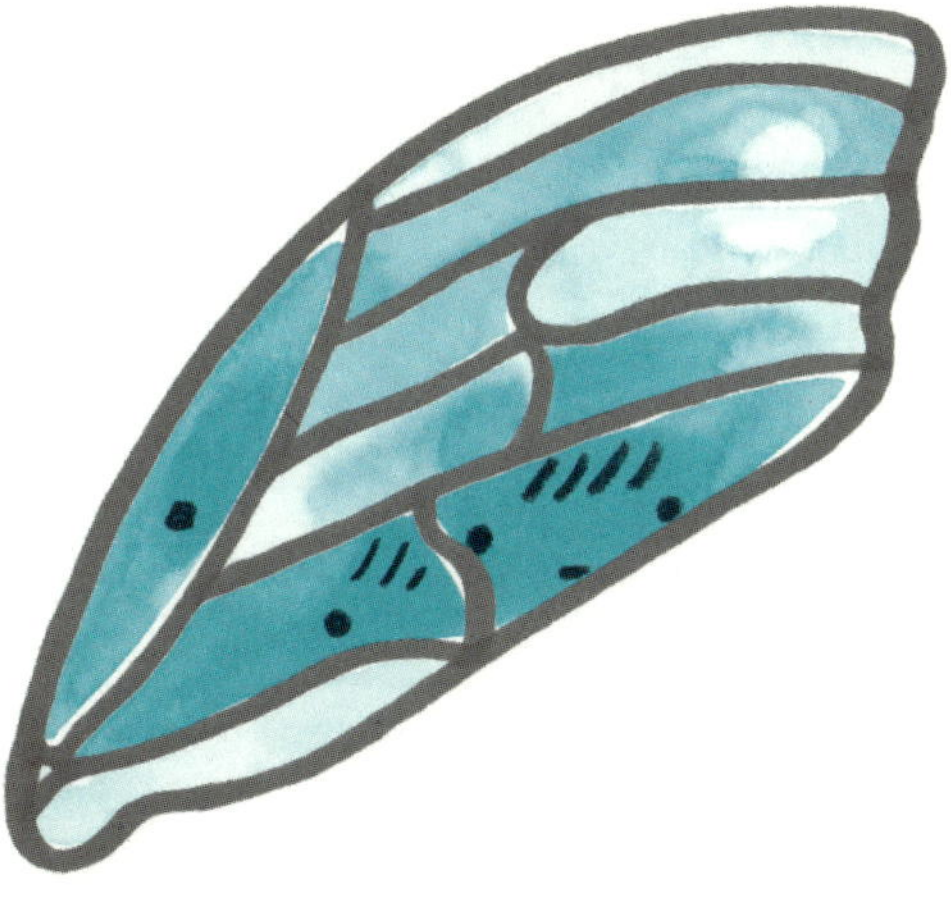

歌の出典・作者

葛原 妙子　くずはら・たえこ／1907〜1985年。東京都生まれ。
出典『朱霊《しゅれい》』

革命歌作詞家に凭りかかられてすこしづつ液化してゆくピアノ

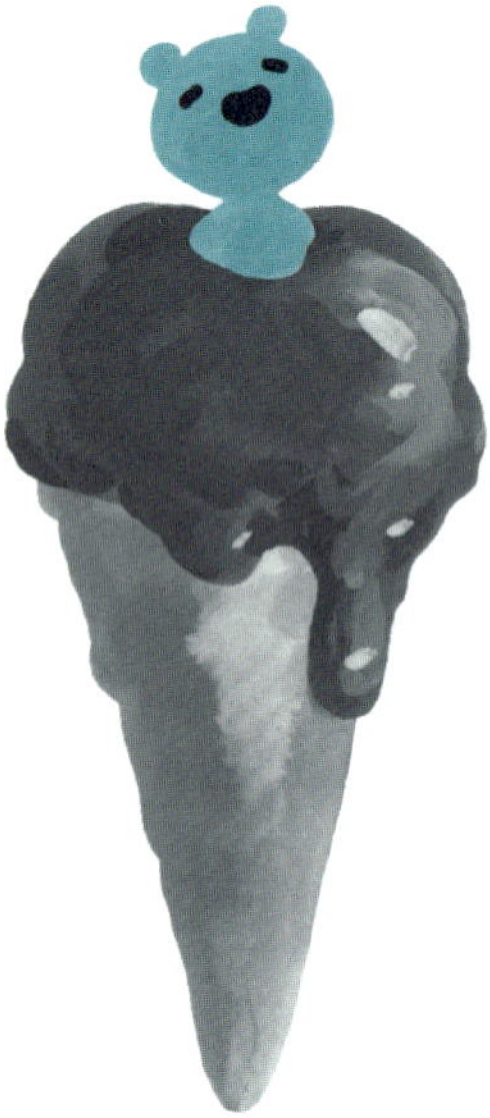

革命のための歌詞を創作する作詞家が、ピアノに物理的にも心理的にも凭《よ》りかかっている。すると、ゆっくりと液状化していく……。黒いピアノが液体となってとけていくイメージは、喪失感《そうしつかん》があり、少し怖いですが、うっとりするような甘美さもあります。ピアノが液化していくことで、世界全体ととけあうような一体感へとつながるからでしょう。新しい時代の心をたからかに歌いあげるために使われたピアノがゆっくりと世界から消えていき、ピアノが消えてしまった世界では、全く別の新たな時代が立ち現れるのでしょうか。

歌の出典・作者

塚本 邦雄　つかもと・くにお／1920～2005年。滋賀県生まれ。

出典 『水葬《すいそう》物語』

切り株につまづきたればくらがりに無数の耳のごとき木の葉ら

山道でしょうか。街路樹の続く道でしょうか。うっかり、切り株につまずいてしまいました。「くらがり」なので、薄暗《うすぐら》い夕方か夜だったのでしょう。しゃがんだ位置から顔を上げると、目の前にそびえる木々《きぎ》の葉っぱの一枚一枚が耳に見えます。そういえば、葉っぱの形や大きさは、耳に似ていますね。木に「無数の耳」があるなんて、とても不気味な光景です。自分の言動を聞き取ろうとしている耳に思えてきて、悪夢のようです。心の中の不安感によってそんなふうに見えてしまったのだと思います。

歌の出典・作者

大西 民子　おおにし・たみこ／1924〜1994年。岩手県生まれ。
出典『無数の耳』

売りにゆく柱時計がふいに鳴る横抱きにして枯野ゆくとき

柱時計を抱《かか》えて歩いていると、ふいにボーンと音をたてました。ドキッとします。なにしろ、それを売りに行こうとしているのですから。まるで「どうか私を売らないで」と、柱時計が最後の悲痛な訴《うった》えをしているようです。「横抱《よこだ》き」も「枯野《かれの》」も、「売りにゆく」ことのわびしさを助長しています。

この歌を読むと、長い間使っていたものを手放すときに抱《いだ》く、後ろめたさがよみがえります。きのうまで仲良く一緒《いっしょ》に暮らしてきたのに、という「物」の側からの、声なき声を聞いた気がしてしまいます。

歌の出典・作者

寺山 修司　てらやま・しゅうじ／1935～1983年。青森県生まれ。

出典 『田園に死す』

夢に棲む女が夢で生みし子を見せに来たりぬ歯がはえたと言いて

夢を歌で詠《よ》むこともできます。夢は、「不思議」に満ちています。でも、夢で起こったことが全部短歌にできるかといえばそんなことはなく、興味の持てる夢は限られています。この歌では、夢にずっと棲《す》んでいる女がいるというのです。なんども夢に現れるのでしょうか。生まれた子どもに歯が生えてくる……、つまり時間が経過しているということ。めでたいことだけれど夢の主から言われたと思うと、ぞくっとします。子どもの成長を表す普《ふ》遍的《へんてき》なアイテムとしての「歯」が、夢にリアリティーを与《あた》えているのです。

歌の出典・作者

吉川 宏志　よしかわ・ひろし／1969年、宮崎県生まれ。

出典『夜光』

泣き濡れてジャミラのように溶けてゆく母を見ていた十五《じゅうご》歳の夜に

「ジャミラ」は、『ウルトラマン』に登場する怪獣《かいじゅう》の名前です。水のない星に遭難《そうなん》した宇宙飛行士が、水がなくても生きられる怪獣となってしまったため、水に濡《ぬ》れることがウィークポイントです。人間たちに水を大量に浴びせられて、赤《あか》ん坊《ぼう》が泣くような悲痛な声をあげ、溶《と》けていきます。大泣きをする母の姿に、十五歳《さい》の主体は、水を浴びて弱っていくジャミラのイメージを重ねています。

「15の夜」といえば、尾崎豊《おざきゆたか》の代表曲であり、石川啄木《いしかわたくぼく》の「不来方《こずかた》のお城の草に寝《ね》ころびて／空に吸はれし／十五の心」も思い出します。

歌の出典・作者

笹 公人　ささ・きみひと／1975年、東京都生まれ。
出典『抒情《じょじょう》の奇妙《きみょう》な冒険《ぼうけん》』

半分は砂に埋もれてゐる部屋よ教授の指の化石を拾ふ

廃《はい》虚《きょ》となって長年使われていない部屋なのでしょう。すでに半分砂に埋《う》もれてしまっています。そこで拾い上げたのは、なんと「教授の指の化石」。恐竜が化石になるほどの長い長い年月を経て、「教授」が化石になったのだとしたら、この歌の時間は、一体いつなのでしょう。一本の指が、砂に埋もれる前の時間と、砂に埋められた時間をつなぎます。この「教授」、砂を掘《ほ》って古代の遺《い》跡《せき》を調べる学者だったに違《ちが》いありません。不《ふ》慮《りょ》の事故で教室という現場で命を落としたのでしょうか。想像がどんどん広がります。

歌の出典・作者

石川 美南　いしかわ・みな／1980年、神奈川県生まれ。
出典『砂の降る教室』

えーえんとくちからえーえんとくちから永遠解く力を下さい

「えーえんとくちから」は、「えーえんと口から」と読めるので、赤《あか》ん坊《ぼう》が「えーんえーん」と泣いている様子を思ってしまいますが、最後に漢字になることで「永遠解く力」だったことが分かります。そうだったのか、と驚《おどろ》くと共に、言葉の響《ひび》きの中にいくつものイメージが広がるということの新鮮《しんせん》さを再認識できます。その上で「永遠解く力を下さい」という言葉の意味を、かみしめます。永遠という時間の概念《がいねん》の謎《なぞ》を解き明かすための力がほしいと言っているのです。考えれば考えるほど、その答えは遠ざかってしまうようです。

歌の出典・作者

笹井 宏之

ささい・ひろゆき／1982〜2009年。佐賀県生まれ。

出典 『ひとさらい』

永遠は三角耳をふるわせて光にのって走りつづける

形を持たない感情や考え方に形を与《あた》えるのが、詩歌の楽しみの一つです。この歌では、「永遠」という形を持たない言葉に、新鮮《しんせん》なビジュアルイメージを与え、独特の動きがあります。「光にのって走りつづける」「三角耳」って、一体なんなのでしょう。私は、平たい三角の耳が、流星のように夜空を横切っていくポップな映像を想像しましたが、読む人によって浮《う》かぶイメージは様々《さまざま》でしょう。動物なのか、機械なのかも分からず、形が描《えが》かれているだけなので、かえって想像がふくらみますね。歌の読み方の答えは一つではないのです。

歌の出典・作者

加藤 克巳　かとう・かつみ／1915〜2010年。京都府生まれ。

出典『球体』

こんな人のこんな短歌！

美しき人妻あらむかくてあゝわが世かなしくなりまさるらむ

芥川龍之介

『羅生門《らしょうもん》』『蜘蛛《くも》の糸』『河童』などの小説で知られる芥川龍之介《あくたがわりゅうのすけ》。幼なじみの吉田弥生《よしだやよい》が、別の男性と婚約《こんやく》したことを知ったとき、自分の弥生への恋心《こいごころ》に気付き、苦悩《くのう》します。この歌では、かなわなかった恋の相手の「美しき人妻」の姿を夢想し、それを得ることのできなかった嘆《なげ》きを率直に描《えが》いています。

中島敦

春の夜のシャンゼリゼエをマダム連れムッシュ・ヂラフがそゞろ歩むも

『山月記《さんげつき》』『李陵《りりょう》』など、中国の故事を下敷《したじ》きにした代表作がある中島敦《なかじまあつし》。「シャンゼリゼエ（シャンゼリゼ）」というモダンな場所を舞台《ぶたい》に、幻想的《げんそうてき》でユーモラスな味わいが楽しい一首です。「ヂラフ」とは、キリンのこと。「ムッシュ」は、紳士《しんし》に対する呼び方ですので、キリンの姿をした紳士がマダム（大人の女性）を連れている様子が浮《う》かびます。

森鷗外

をさな子の片手して弾くピアノをも聞きていささか樂む我は

『舞姫《まいひめ》』『雁《がん》』など、格調高い文体の小説を残した森鷗外《もりおうがい》。軍医として日露《にちろ》戦争に従軍していた折りに創作した短歌や詩、俳句を集めた『うた日記』を出版しています。また、系統の違《ちが》う歌人を集めて親睦《しんぼく》をはかった歌会「観《かん》潮楼《ちょうろう》歌会《かかい》」を自宅で開くなど、近代短歌の発展に尽力《じんりょく》しました。この歌は、子煩悩《こぼんのう》だった鷗外が、片手でピアノを弾《ひ》く幼い子どもに目を細め、樂《たのし》んでいる様子がよく見えるようで、ほほ笑ましい一首です。

宮沢賢治

くわくこうの
まねしてひとり行きたれば
ひとは恐れてみちを避けたり

『銀河鉄道の夜』『注文の多い料理店』『春と修《しゅ》羅《ら》』など、多数の童話や詩が今も多くの人に愛されている宮沢賢治《みやざわけんじ》。中学生から二十代半ばまで、熱心に短歌を創作していましたが、詩や童話を書くようになってから遠ざかります。『セロ弾《ひ》きのゴーシュ』という童話に出てくるかっこうは、「かっこうかっこうかっこうかっかっかっかっかっ」と鳴きますが、そんなふうに鳴きながら前から歩いてくる人がいたら、避《さ》けたくなってしまいますね。大まじめな文体が、おかしみを誘《さそ》います。

谷崎潤一郎

我といふ人の心はたゞひとり
われより外に知る人はなし

『痴人《ちじん》の愛』『春琴抄《しゅんきんしょう》』『細雪』など、耽美的《たんびてき》な作風で知られる谷崎潤一郎《たにざきじゅんいちろう》。「岡本《おかもと》にて」（「夕刊大阪《おおさか》新聞」昭和四年七月）の中に、「元来歌は巧拙《こうせつ》より即吟即興《そくぎんそっきょう》が面白いので、小便をたれるように歌をよんだらいいのである」と書いています。なかなか独特な言い回しですが、歌に対する天真爛漫《てんしんらんまん》で、自在な想いが伝わります。

この短歌も、自分の人生にたいする満足感と自信にあふれていると同時に、結局のところ自分の想いは自分にしか分からないという孤《こ》独感《どくかん》も伝わります。

短歌紹介《しょうかい》 8

乗り物

ねえ
起きて!
うーん…
ほら!
みんな好きな
本にのって
旅にでるんだ
わあ!
わたしも
いく!

春浅き大堰《おほゐ》の水に漕ぎ出だし三人称にて未来を語る

「大《おお》堰《い》」というのは、京都府にある川のこと。具体的な乗り物は書いていませんが、「漕《こ》ぎ出だし」という語があるので、ボートに乗っていることが分かります。作者が京都の大学生時代に作った作品です。学生同士で春休みを楽しんでいるのでしょう。「春浅き」は、早春という季節を表すと共に、青春性も表現しています。これから人生の大きな川に漕ぎ出す前に、未来のことを想像して語りあっているのです。人ごとのように「三人称《さんにんしょう》」で語るところに、若者同士らしい照れが感じられてほほえましいです。

歌の出典・作者

栗木 京子　くりき・きょうこ／1954年、愛知県生まれ。
出典 『水惑星《みずわくせい》』

自転車をナジャと名づけてあしたまで駅の早霜に打たせて置かむ

「ナジャ」というのは、フランスの作家アンドレ・ブルトンが書いた小説のタイトル、及《およ》びその登場人物の女性の名前です。奔放《ほんぽう》な性格の女性で、主人公を翻弄《ほんろう》します。その名前を、駅前に一晩放置しようとしている自分の自転車につけるなんておしゃれですね。「ナジャ」という女性が醸《かも》し出す自由さ、逞《たくま》しさ、愛らしさを与《あた》えられた自転車は、霜《しも》の立つような寒い夜にも堪《た》えてくれそうです。こんなふうに乗り物に人間のイメージを与えると、急に自転車が味わい深くなって、わくわくします。

歌の出典・作者

岡井 隆　おかい・たかし／1928～2020年。愛知県生まれ。

出典『神の仕事場』

カフカ読みながらとほくへ行くやうな惚れあってゐるやうな冬汽車

冬の汽車に乗って、カフカを読んでいます。カフカといえば、青年が突然《とつぜん》一匹《いっぴき》の大きな虫になってしまう『変身』など、シュールな作品で有名です。読書で異世界に心を誘《さそ》いつつ、身体は物理的に遠くへ向かっている……ここまでは汽車の中の風景として順当な流れですが、そのあとの「惚《ほ》れあってゐる」は、意外な流れです。もう一人、静かに本でも読んでいる人物がいて、恋心《こいごころ》を抱《いだ》きあっているような気がしているのでしょうか。あるいは、自分をあたたかく包み込《こ》んで運んでくれている「冬汽車」と惚れあっていると考えるのも、心浮《う》き立ちます。

歌の出典・作者

紀野 恵

きの・めぐみ／1965年、徳島県生まれ。

出典 『奇妙《きみょう》な手紙を書く人への箴言集《しんげんしゅう》』

「次は日没、日没です」と聞こえしはいづくの駅か再び眠る

電車にゆられると、どういうわけかとても眠《ねむ》くなってしまいます。しかし、ぐっすり寝込《ねこ》んでいるようで、どこかに公共の場にいるという意識は残っています。この歌の主体も、うたた寝しつつも車内アナウンスは聞いていて、「日没《にちぼつ》」という聞いたことのない、不思議な駅名が聞こえました。意識がもうろうとしているうちに、異世界にふと誘《さそ》われてしまったような浮遊感《ふゆうかん》があります。でもここで真実を確かめるために覚醒《かくせい》したりはせず、再び眠りに落ちることで、日没という駅の世界が身体の内部に取り込《こ》まれ、余韻《よいん》が残ります。

歌の出典・作者

花山 多佳子　はなやま・たかこ／1948年、東京都生まれ。

出典　『木香薔薇《もっこうばら》』

中吊りのない車内です。潮風です。二輛後ろに母が見えます

中吊《づ》り広告がないのは、田舎の車両だからでしょう。目障りになるものがない車内は広々《ひろびろ》と感じられ、さらに、海のそばを通っているようで、潮風が入ってきます。のどかで、とても気持ちのよい空間に誘《いざな》われます。しかし、下の句の展開が、少し謎《なぞ》です。「母」が「見え」るという描写《びょうしゃ》には、見るだけで、直接関わることができないような遠さを感じてしまいます。中吊りがないからこそ「二輛《にりょう》後ろ」まで見わたせるのですが、この位置関係が複雑な物語をはらんでいるようで、とても気になります。

歌の出典・作者

光森 裕樹　みつもり・ゆうき／1979年、兵庫県生まれ。

出典　『鈴《すず》を産むひばり』

雨の日のひとのにおいに満ちたバスみんながもろい両膝をもつ

雨の日のバスの車内は、持ち込《こ》んだ濡《ぬ》れ傘《がさ》などの水分が蒸発し、狭《せま》い空間に湿《しっ》気《け》が充満《じゅうまん》して独特のにおいがします。それを「ひとのにおいに満ちた」とする表現、なかなか生々《なまなま》しいです。とても不快で、そこにいるだけで、だんだん体力を奪《うば》われてしまいそうです。そういえば雨の降る日は、古傷が痛んだり、関節が痛くなる人も多いといいます。身体のはかなさを実感するときでもあるのです。すると、立っている人の身体を支えている膝《ひざ》が、小さくてはかなげであることに気付きました。生きている人はみんな、同じように「もろい」のです。

歌の出典・作者

山崎 聡子　やまざき・さとこ／1982年、栃木県生まれ。

出典『手のひらの花火』

どんなにか疲れただろうたましいを支えつづけてその観覧車

観覧車は、遊園地で毎日、毎日、いろいろな人を乗せて、楽しませています。ジェットコースターのような激しく、派手な乗り物とちがって、常にゆったりと動く、遊園地の中でも癒《いや》し系の乗り物です。親子を、友達同士を、恋人《こいびと》を、ゆっくりと空中に誘《いざな》い、ゆったりとした気分にさせる力があります。この歌では、そんな観覧車そのものへの思い入れを描《えが》いています。疲《つか》れているらしい「たましいを支えつづけ」る乗り物として。ほとんど骨組みだけでできたあの乗り物が、急に可憐《かれん》でけなげな存在に見えてきます。そして、そこから連想される人物のことにも想いが繫《つな》がります。

歌の出典・作者

井上 法子　いのうえ・のりこ／1990年、福島県生まれ。

出典　『永遠でないほうの火』

中心に死者立つごとく人らみなエレベーターの隅に寄りたり

確かに、エレベーターに乗ると、なぜか隅《すみ》に身体を寄せたくなります。人は、身体のどこかが壁《かべ》に接していた方が安心する、という面はあるかもしれませんが、人を避《さ》けたかのような空間が中心に残ることになります。それを「死者」が立っているから、とした比喩《ひゆ》が斬新《ざんしん》で、はっとさせられます。いずれ人は必ず死ぬのですが、普段《ふだん》は考えないようにしています。その、意識下にしずめたものが、無意識のうちに恐《おそ》れとして行動様式となった、と考えると神秘的ですね。

歌の出典・作者

黒瀬 珂瀾　くろせ・からん／1977年、大阪府生まれ。

出典 『空庭』

バック・シートに眠ってていい　市街路を海賊船のように走るさ

車の後部座席（バック・シート）に眠《ねむ》る恋人《こいびと》を乗せて、市街路をかっこよく乗り回して得意になっている様子がよく見えます。この歌の主人公は、運転をすることが好きなのでしょう。自動車のクールなコマーシャルのようですね。運転手として、車という大きな機械を駆使《くし》してすばやく移動するとき、ちょっとした全能感が浮《う》かぶことがあります。そこで、海を支配する「海賊船《かいぞくせん》」という比喩《ひゆ》が立ち上がってきたのでしょう。「走るさ」というカジュアルで自信たっぷりな話し言葉も、このスピード感のある場面によく似合っています。

歌の出典・作者

加藤 治郎　かとう・じろう／1959年、愛知県生まれ。

出典『サニー・サイド・アップ』

秋分の日の電車にて床《ゆか》にさす光もともに運ばれて行く

やわらかな日のさす秋分の日の午後、電車に乗って遠くへ行こうとしています。秋の彼岸《ひがん》なので、お墓参りにでも行くのでしょうか。電車の窓から入ってきた光が、窓の形に切り取られて床に映っています。あたたかで心地のよい電車内の体感が伝わるようですね。その光を、一緒《いっしょ》に旅をする仲間のように描《えが》いている点に、今電車で運ばれていることへのしずかな喜びが感じられます。電車の描写《びょうしゃ》としては、少し変わったところを切り取っていますが、描《えが》かれている景色は、よく見えますね。

歌の出典・作者

佐藤 佐太郎　さとう・さたろう／1909～1987年。宮城県生まれ。

出典『帰潮』

おわりに

いかがでしたか？　あなたの心のお守りになる短歌が見つかったらよいのですが。

最後に、一首一首の歌にイラストを添《そ》えてくださった若井《わかい》麻奈美《まなみ》さんにおはなしをうかがおうと思います。

―短歌に絵を添える作業はいかがでしたか？

短歌の魅力《みりょく》を邪魔《じゃま》しないような絵が描《か》けたらいいな、と思いながら、ぶつぶつと短歌を暗唱しながら制作しました。たくさんの素敵な短歌に触《ふ》れ、楽しい体験をさせていただきました。

―印象に残った短歌はありますか？

こどもの頃《ころ》、学校の授業で俳句を作ったことはありましたが、短歌は作ったことがありませんでした。どこか堅苦《かたくる》しいイメージがあったのですが、136ページの短歌に「ジャミラ」が出てきたときは驚《おどろ》きました。短歌って自由で、堅苦しいものではないんだなと気づかされた歌です。

泣き濡れてジャミラのように溶けてゆく母を見ていた
十五歳《じゅうご》の夜に

笹公人《ささきみひと》『抒情《じょじょう》の奇妙《きみょう》な冒険《ぼうけん》』

イラスト早見表

コメント：若井麻奈美

015

小さい龍《りゅう》みたいな湯気がのぼる。

012

みんな別々《べつべつ》の家の子だったらしい。

016

5秒後の自分のための天使。

013

エビのはく小さい白い息。

010

ぶどうガムの匂《にお》いに包まれて眠《ねむ》る。

017

嬉《うれ》しくって、しっぽをぶんぶん振《ふ》ってしまう。

014

あたたかい布団のような優しさ。

011

迷路の壁《かべ》なんて無視して突《つ》き進むいもむし。

050

いつもと同じ。でもなんだかちょっと違《ちが》う。

051

楽しい山道だといいな。

052

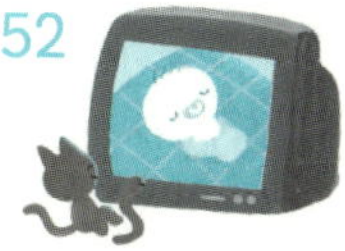

最後までおかしな一生であってほしい。

053

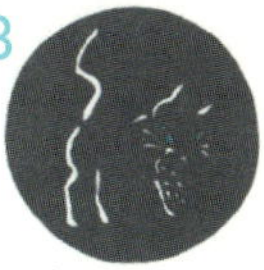

キラッと光る目。

054

その顔を想像すると微笑《ほほえ》ましい。

055

軽やかなお姉さん。

034

繰《く》り返し繰り返し首を振《ふ》る。

035

どこまでいってもどこでもない。

036

やさしい鮫《さめ》ならこんなことしてもいいかな。

037

自分で降りることもできず、どこまでも運ばれていく。

038

自分がそんなに大きかったら、つまったクジラをペットにしたい。

039

刃物のようなギラッとした輝《かがや》き。

018

しんとした中で食べる栗《くり》まんじゅう。

019

おにぎりの梅干しを囲むたくさんの米粒《つぶ》たち。

030

我が物顔で鎮座《ちんざ》する猫《ねこ》のかわいさ。

031

犬の喜び走る姿が眩《まぶ》しくて、たまに彗星《すいせい》を見ているような気持ちになる。

032

溶《と》けてしまったうさぎ。

033

ぶかぶかの靴《くつ》を履《は》いたかわいい白鳥。

078

雲の待合室は居心地がよさそう。

072

少しの未練もなく。

056

洒落《しゃれ》たくしゃみ。冷えたカーテンも上等なものに見えてきそう。

079

どこか滑稽《こっけい》で可愛らしい。

073

おなかの中。

057

たまごの黄身みたいに優しく扱《あつか》われる。

090

ゆっくり夕焼け空を眺《なが》める時間。

074

ふわふわの布団がたくさん。

058

情けないけど愛おしい。

091

♩になってご機嫌《きげん》に飛んでいきたい。

075

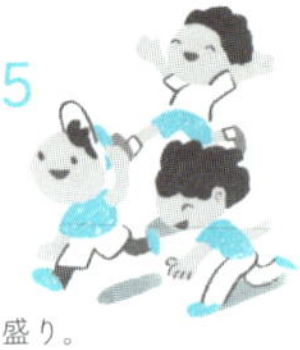

育ち盛り。

059

みんなで音楽。

092

ぼんやりと同じ汽車に乗っている。

076

やわらかい雨音が聞こえてきそう。

070

飛び交う鳥たち。

093

捨てても、触《さわ》ったらまたはじけてしまいそう。

077

みんなそれぞれの夏に向かって飛び出していく。

071

命を燃やす美しさ。

116

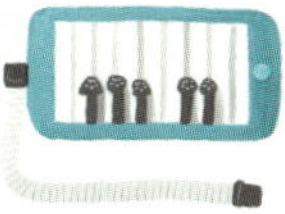

きっと見つけられるはず。

117

君がいれば楽しくなるのかな？

118

ピザでもとって一緒《いっしょ》に食べよう。

119

美しい光。

130

追い風で舞《ま》う木の葉を引き連れて。

131

夏の終わり。

110

即席麺の間に並ぶ。

111

サラサラ過ぎる時間を味わう

112

そおっと、優しく捕《つか》まえる。

113

心細い明かり。

114

とても追いつけそうにない。

115

ひとりでキャアキャアしながら帰る。

094

お弁当のブロッコリーに八つ当たり。

095

パリンと割れたわたし。

096

ハトみたいに首をうずめて寂《さび》しさに耐《た》える。

097

ゆがんじゃった丸。

098

グラグラに熱いお湯なんだろうな。

099

お茶碗《ちゃわん》とふたり。

150

気持ちの良い風が吹いていそう。

151

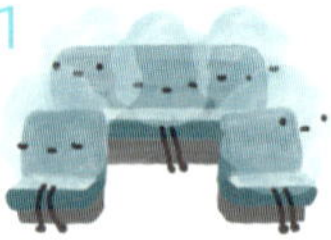

いつもより少しだけ体積が増えていそう。

152

一生まわりつづける。

153

誰《だれ》かの輪っかが浮《う》かんでる。

154

たのもしい。

155

ちゃっかり乗っている。

138

永遠（DNAの螺《ら》旋《せん》）を編むおばあちゃん。

139

永遠ってどんな姿をしているんだろう……。

146

どこまでいけるだろう。

147

ちょっとだけ明日が楽しみ。

148

寒いような、暖かいような。

149

次はどこに停まるんだろう。

132

歌い終わる頃《ころ》には溶《と》けているかも。

133

はっと気づいたら舞《ぶ》台《たい》の上。

134

「もう鳴らなくていいよ」と言うことがさみしい。

135

かわいいけれど、どこか不気味。

136

自分の涙《なみだ》で溶けていく四角い背中。

137

この部屋にはなんでもありそう。

東 直子(ひがし・なおこ)

歌人、作家。第7回歌壇賞、第31回坪田譲治文学賞(『いとの森の家』/ポプラ社)を受賞。「東京新聞」等の選歌欄の選者。歌集に『春原さんのリコーダー』『青卵』(ともにちくま文庫)、小説に『とりつくしま』(ちくま文庫)『ひとっこひとり』(双葉社)、エッセイ集に『一緒に生きる』(福音館書店)『魚を抱いて』(春陽堂書店)、歌書に『短歌の時間』『現代短歌版百人一首』(ともに春陽堂書店)、絵本に『わたしのマントはぼうしつき』(絵・町田尚子/岩崎書店)などがある。鳥好き。

若井 麻奈美(わかい・まなみ)

1989年、神奈川県生まれ。アニメーション作家、イラストレーター。東京藝術大学大学院映像研究科アニメーション専攻修了。絵本に『ピーマンのにくづめだったもののはなし』(アリス館)がある。幅広く映像やイラストの制作を行っている。犬好き。

🌐 https://www.wakaimanami.com

KOTOBA ことば アソート ASSORT

ことばのおもしろさ、美しさを伝えるシリーズです。語《ご》彙《い》力《りょく》が豊かなほど、思ったこと・感じたことを、より人に伝えることができます。このシリーズが、日常的に「ことば」というものに気を配り、考えを深めるきっかけになることを願っています。

ことばアソート

短歌の詰め合わせ

2019年10月31日　初版発行
2024年7月15日　第4刷

文	東 直子
絵	若井 麻奈美
デザイン	こまゐ図考室
発行人	田辺 直正
編集人	山口 郁子
編集担当	郷原 莉緒
発行所	アリス館
	東京都文京区小石川5-5-5　〒112-0002
	TEL 03-5976-7011　FAX 03-3944-1228
	https://www.alicekan.com/
印刷・製本	株式会社 光陽メディア

ISBN978-4-7520-0900-9　NDC911　160P　19cm